100分間で楽しむ名作小説

夜市

恒川光太郎

角川文庫
24089

今宵(こよい)は夜市が開かれる。

夕闇の迫る空にそう告げたのは、学校蝙蝠(こうもり)だった。学校蝙蝠は小学校や中学校の屋根や壁の隙間に住んでいる生き物で、夜になると虫を食べに空を飛びまわるのだ。

夜市は岬の森にて開かれる。

学校蝙蝠はいった。

夜市にはすばらしい品物が並ぶことだろう。

夜市には北の風と南の風にのって、多くの商人が現れるからだ。

西の風と東の風が奇跡を運ぶだろう。

学校蝙蝠は、町をぐるりとまわりながら自分が町に告げるべきことを告げた。

今宵は夜市が開かれる。

秋の夕暮れどきの空の下をいずみは歩いていた。いずみは大学の二年生だ。向かう先は、高校時代の同級生が暮らしているアパートだった。

同級生の名前は裕司。

いずみは、高校時代には、裕司とろくに話したこともなかったのだが、去年アルバイトをしたレストランでたまたま一緒になった。そのときからのつきあいだ。

裕司は高校を二年生の二学期に退学して以来、学校には行っていない。現在はアルバイトもしていないらしい。少し心配だ。

アパートで一人暮らしをしている裕司の家にはじめて遊びにいく。電話で誘われたときは、あまり考えずに、あっさり「いいよ」と答えた。襲われたらどうしよう。いずみは思う。そうでなくても、告白されたらどうしよう。

いずみにとって裕司は微妙な存在だった。嫌いではなく、少しは気にかかる。異性としての魅力は感じなくもない。だから、本当のところは告白ぐらいされても別にいいのだ。まあ、されなくても別にいいのだが。

電話で自分が書き取った地図の紙切れを時折見ながら歩いているうちに、目的地の古い木造アパートが現れた。

部屋の前に立ち、呼び鈴を押した。少しだけ緊張する。

「こんばんは」

すぐにドアが開いた。

「やあ、入って」

殺風景できれいに片付いた部屋に入りつついずみは思った。ああ、私一人なんだな。誰かが集まってみんなで飲み会をやっている、という構図も想像していた。

でも、裕司は友達が多そうには見えなかった。社交にあまり興味を示さないタイプだ、と会ったときから感じるものがあった。

裕司はいずみを座布団に座らせると、インスタントのコーヒーをいれた。

いずみは微笑んだ。

「どう、元気？」

裕司は心なしか暗い声で答える。

「ぼちぼち」

「ねえ、暗いんじゃない？　どうしたの」

「そういう性格なんだよ。いずみはいいね、いつも溌剌（はつらつ）としているよな」

「ハツラツって？」

大学生が、ハツラツという言葉を知らないはずもなく、それをあえて問う自分は、相手に媚（こ）びているのかもしれない。いずみはいったあとにすばやく思った。そんなことを瞬時に考える自分が嫌だった。

「元気だということだよ」

「そう？　そうね。元気」

裕司はきりだした。

「夜市が開かれるそうなんだ」

「なあにそれ？」

「市場だよ。いろんなものを売っている。行けばわかる。行ってみない？」

「今日？」

「今日だよ」

少しめんどうだった。せっかく来たのだから部屋でゆっくりしたい。冷蔵庫にはビールかもしくは甘いカクテルが入っていて、音楽を聴きながら飲みつつ、とりとめもない話を楽しむ。そんな夜を想像していた。

「その、疲れてる？」

裕司は市場とやらに行きたいらしい。いずみは曖昧(あいまい)な笑みを浮かべて、首をひねった。

「んーと……」

でも、殺風景な部屋に二人でいて話もはずまず、特にすることもなくなんとなく気詰まりで、帰りたいなと思いながら、すぐ帰るのも悪いよな、と相手に気を遣う状況に陥ることもありえる。そういう経験は、過去に、主に同性の友達とだが、何度かあった。それなら外にいたほうがいい。

「うん、別にいいよ。どこで？」

「場所は……岬のほうなんだ。口ではうまくいえないな。お金はある？」

「全然よ」

肩をすくめたいずみを見て裕司はくすりと笑った。

「うん、じゃあ見るだけでもさ」

アパートから歩きだし、途中でタクシーに乗って二十分ほどで岬の公園についた。近くには古い墓地がある。岬の公園とその駐車場は、本当の岬と呼ばれるべき場所よりもかなり手前に配置されている。海の見える本当の岬は、その公園から藪(やぶ)をかきわけるような林道を三キロも歩かなくてはならないのだ。三キロ歩けば小さな灯台のある断崖(だんがい)に出る。

タクシーの運転手は、代金を受け取る際に何かききたげな顔をしたが、結局何も詮索(せんさく)せずに去っていった。

裕司は駐車場から公園に入った。いずみは後をついていく。駐車場から離れると街灯もなく月明かりしかない。

「ねえ、本当にここで市場なんかあるの？　こんな夜に？」

普通に考えて、ここで市場なり祭りなどが行われているなら、駐車場には車が何台も停まっているはずだが、ガラガラだった。公園には人の気配はない。民家から外れているからか、犬の散歩やジョギングをする人もいない。

「そうだよ」裕司は自信のある声で答えた。「でも、もうすこし歩かないと」

「フリーマーケット？」

「うん。みたいなもの。秘密の」

「でも、誰もいないじゃない。場所が違うんじゃないの？」

「いや、ここだよ。森に入るんだ」

森とは公園の奥の暗い木々の茂みのことだ。細い林道があるにはある。公園から茂みに入れば、海まではずっと森の中だ。

「ここの森の中で、夜に、市場が、その、フリーマーケットみたいなのが開かれる。それは確かなのね？」

「確かだ。すごく特別な市場だからね。それじゃあ、行ってみよう」

闇に包まれた森の中を、二人は手をつないで歩いた。

「ところでさ、誰からそんな秘密の市場があるってきいたの？」

「学校蝙蝠（こうもり）」

「それって空を飛ぶ蝙蝠のこと？」

「まあね」

いずみは手を離した。

「私帰る。レポート提出があるんだよね」

「ちょっと待ってよ。騙(だま)されたと思ってさ、夜市は、どんなものでも手に入るといわれているんだ」

「それも蝙蝠がいっていたの?」

「うん。でも、小さい頃に、ここではない別の場所で夜市に行ったことがある。本当に市場が開かれている……はずなんだ」

「でも、別の場所なら、ここの市場と同じじゃないでしょ。別のものでしょ」

「まあそうなんだけどさ」

暗がりをしばらく歩くと、やがて前方に青白い光が見えてきた。木々がまばらになり、決して眩(まぶ)しくはない、仄(ほの)かな青白い光に、闇が切り取られていった。

最初に姿を現したのは永久放浪者だった。永久放浪者は、商品を並べた黒い布を地面に広げて、その前に座って煙管(キセル)をふかしていた。並んでいる商品は石や貝殻だった。

「夜市にようこそ。世界の石や、貝だよ」

永久放浪者は、森から出てきた裕司といずみにやる気なさそうにいった。

「掘り出し物はある？」裕司が並んだ商品をのぞいた。いずみの目には永久放浪者の商品は、どれもそこらの川や海に行けば手に入りそうに見えた。でも、それを口に出してはいわなかった。石には詳しくないのだ。

永久放浪者は丸い石を手にとって、どうでもいいや、という口調でいった。

「これは丸い石だ。黄泉(よみ)の河原で拾った。値段は、一億円だ」

「もう少し安くならないの」

裕司はいってみた。

永久放浪者は言葉を返さなかった。

二人は黙って永久放浪者の前を離れた。

永久放浪者の石屋はただの入り口の最初の店で、その奥には無数の店が間隔をとりながら並んでいた。店の前に、あるいは店と店の間には青白い炎を灯(とも)した燭台(しょくだい)が並んでいる。

着物をきた狸がのんびりと歩いていた。目をうつせば、鬼火とも人魂(ひとだま)ともいえる炎が木々の間をふわふわと浮かびながら通り過ぎていく。

いずみは息をのんだ。

「これが……夜市さ。他の店も見てみよう」

木々の間に一時的な店が並ぶその光景は、お祭りの屋台に似ていなくもなかったが、夜市は根本的なところで、お祭りとは違っていた。お祭りは賑(にぎ)やかだが、夜市は静かだった。お神楽(かぐら)も、ラジカセから流れる音楽も、人の声もしない。静かな森の中に、静かに店が並んでいた。

刀剣を並べている店があった。「刀」と書かれた提灯がテントの前に二つぶらさがっている。

コートにハンチングをかぶった老紳士が商品を見ていた。客は彼しかいない。店主の口上をきいているようだった。裕司といずみもやりとりをきこうと近寄った。

刀剣屋は一つ目ゴリラだった。

テーブルの上には鞘におさまった刀剣が並べられていたが、刀剣屋は台の向こうにある、岩に突き刺さった抜き身の長刀について話しているらしい。形状としては日本刀だ。

「めったにお目にかかれる品じゃない」

一つ目ゴリラは長刀の柄に手をやる。

「俺が抜こうとしても抜けないんだ。こいつは、歴史上何度か現れたという、〈なんでも斬れる剣〉だよ。岩から抜き取ったら、斬れないものはないのさ」

「それでいくらなのかね」

老紳士は腕組みをして問いかけた。

「抜くことのできる人が現れたら、そりゃ英雄だもん。剣は十万円でいいさ。抜くことのできない人には、岩も買ってもらうから十五億かね」

一つ目ゴリラは剣が刺さっている岩を軽く蹴った。

「ほう」

「英雄の剣さ。値引きしてもいいんだよ。だが、十四億八千万円までだな。それから抜けるかどうか試してみるのはタダだ。後ろのお兄ちゃん、あんた、やってみるかい」

裕司はふらりと前に出た。老紳士は振り返り、裕司を見て目を細めた。

「試してみようかな」

「やめなって」いずみが袖をひいた。

「そうとも」老紳士がいった。「やめたほうがいい。抜けたらどうするんだ」

「お遊びさ、お遊び、岩から剣を抜く英雄なんてそうはいないいんだから！　千年に一人いるかいないかだよ！　試してごらんよ」一つ目ゴリラは笑った。

裕司が迷うそぶりを見せていると、老紳士が、裕司の袖を引っ張り、店から何歩か引き離した。「あんた、あの剣が欲しいのかい」

「いや、別に欲しいってわけじゃ」

「じゃあ、やめとくといい。あの剣はある意味で、本物の、なんでも斬れる剣だ。私はあちこちで調べてきているから知っている。だが、あの一つ目ゴリラはヤクザだよ。君が剣を抜くとめんどうなことになる。あのゴリラは、英雄がついに現れたと大騒ぎして、君に十万円で剣を買わせるだろう。君が拒めば、岩から抜いた分を弁償しろといいだすだろう。そのせいで商品価値が下がったとかいって」

「わかりました……でも、本物のそんなにすごい剣が、十万円なら安いのでは？」

「どうかな。なんにせよ剣は人を殺すためにある。殺したいやつがいるのか？」

裕司は首を横に振った。老紳士は袖から手を離してささやいた。「なら、譲ってくれないか」

二人は店の前まで戻った。

「では、この子の代わりに私が挑戦してみよう」

「ああ、やってみたらいいさ」

「抜けたら十万円で譲ってくれるのだな？」

「安すぎたかな。人間の貨幣の価値を今一つ知らないんでね」

「少し高いと思うが。〈なんでも斬れる剣〉では、百回決闘に勝っても、誰も腕前は認めてくれぬだろう。相手よりもはるかに有利な立場で試合をしたのだから。それに、実戦においても銃を相手にしては、いくら切れ味が良くとも意味はないだろうし、鞘もつかぬのだろう」

「なら九万でもいいさ」一つ目ゴリラは舌打ちをした。

老紳士は先に財布を取りだし、紙幣を数えて一つ目ゴリラに握らせると、片手で柄を握り、事も無げに岩から抜いた。

「まいどあり」

一つ目ゴリラは陽気にいった。

裕司といずみは店から離れた。

少し歩くと、老紳士が追いかけてきて声をかけた。

「さきほどはすまなかったな。どうしても欲しい品物だったのでね」

「いや、ご忠告ありがとうございます」裕司は礼をいった。「買わされるところだった」

「あの……お金が」いずみは口を開いた。老紳士が財布から札を取りだすのを見ていたのだが、その紙幣は、一万円札ではなかったのだ。色や大きさからして日本円ではなかった。

「お金、ああ」老紳士は納得して微笑んだ。

「あなたたちの世界のものとは違っていた、ということだね？」

「そうなの？」老紳士の紙幣を見ていなかった裕司が目を丸くしていずみを見た。

「私があなたたちの世界とは、別の世界から来ているということだろう。大丈夫。夜市では、どの世界の貨幣でも、きちんと流通しているものなら問題なく使える。安心して買い物をしたらいいよ」

いずみは感心した。別の世界なんてものがあるなんて。

老紳士は話を変えた。

「で、良いものはあったかね」

「いえ、まだ来たばかりで。でも欲しいものがあれば」

「欲しいものか。そうだな。見たところ君たちは、夜市にはじめて来たのではないか？」

「昔、子供の頃に経験あるんです」

「そうか。そうなのか」老紳士は頷いた。「ちょいと用事が済んだら、さきほどの、その詫びといってはなんだが、案内してあげようかと思ったのだが、かまわないかな」

「ぜひおねがいします。ところでおじさんは、それで何を斬るつもりなんですか？」

「幻だよ。この年になると、過去の幻がまつわりつくようになってな。この剣で斬ってやろうと思っている」

裕司はそれ以上問わなかった。

「でも、九万円とはいい買い物ですね」

老紳士は鋭い目つきで剣を眺めた。

「たいした剣ではないんだ。この剣は特殊な代物で、本当になんでも斬れるのは最初だけ、あとはどんどん切れ味が悪くなって最後には鉄ですらない、ただの土の塊になって消えてしまうという代物だ。その土をまいたところには長い年月を経て再びこの剣が生えてくるというから、植物の一種かもしれんな」

裕司といずみはまたぶらぶらと歩いた。老紳士は途中で、またあとで、といい残して姿を消した。

森は際限なく続いているようで、また、あちこちに出ている提灯と店も際限なくあるようだった。

それらの店で売られている品物の数々は、どれも裕司やいずみには全く手の出ない金額か、買って手元においてもほとんど意味のないようなものばかりだった。

蜘蛛（くも）や蛇や、名も知れぬ生き物の入ったケースの前を通り過ぎ、奇怪な仮面を並べた店の前を歩く。

ある店先でいずみはのっぺらぼうに呼び止められた。

「老化が早く進む薬だよ」

「そんなのいらないわ」

「違う違う、周りの相手に使うんだよ。七十歳で死期を迎える六十歳のじいさんと遺産目当てで結婚したとしな。十年も待てないだろう？　百万円ぽっちだよ」

「私は遺産目当てで結婚したりしないわ」

「じゃあ、こっちは老化が遅く進む薬だよ。年をとらないわけじゃないが、人よりも遅いはずさ。これも百万円だよ」

「飲めば効くわけ？　効果はどうやってわかるの？」

「十年たったら、同窓会の同級生の中で、誰が一番若く見えるか見回してみればいいさ。もしかしたらそれはあんたじゃないかもしれないが、もしも薬を飲まなかったらもっと老けているはずなんだから気にすることはないんだよ」

「……いらない」

「じゃああっちに行きな」

首を売っている店もあった。台の上に、ライオンや象、ムースやバッファロー、そして明らかに人間と思われる男と女の首が並んでいた。その店の主は葉巻カウボーイで、ライフルを分解して暇をつぶしていた。

「ねえ、あの人間の首は、つくりものよね」

いずみが青ざめて裕司の袖をひいた。裕司はそれには答えなかった。

鳥を売っている店があったが、鳥かごの中の鳥はどれも、足が三本あったり、鱗に覆われていたりして、図鑑や動物園も含めて、いずみが一度も見たことのない鳥ばかりだった。

棺桶を売っている店があった。店の前には腐敗した死体が三つ立って、いずみにはわからない言葉を呟いていた。腐敗した死体たちからはひどいにおいがした。並んでいる棺桶の一つからうめき声が漏れたので、いずみは小さな悲鳴をあげた。

「何よあれ」

すかさず棺桶職人が声をかけた。

「ああ、こっちの大きいのは、海で手に入れた箱磔の箱だよ。またうめいている」

「ハコハリツケ？　あまり知りたくないけど、誰かはいっているというわけね？」

「昔、人を何人か殺した妖婦がいてね。代官が刑として板にはりつけにして、その板を箱に組み立てて、生きたまま海に流したんだよ。箱磔の刑さ。だがあいにくこの妖婦は不老不死でね。とっくに気が触れているんだが、三百年近く経つけれど、まだ箱の中にいる。今も箱の中でぶつぶついっている。怖いんで誰もあけちゃいない、未開封の箱磔の箱だよ。欲しいなら五百万円でいいよ。プレゼント用だ。リボンもつけるよ」

「欲しくないし、お金もないの」

「じゃあ、あっちに行きな。それからそこの死体ども、あんたらも無一文だろうが。さあ、墓場に帰りな」

死体たちはたじろいだそぶりを見せ、とぼとぼと店を離れた。彼らは自分たちが入っていた棺桶が腐ってしまったので、新しいものが欲しかったのだといずみは思った。

「ねえ、もう帰ろう」

いずみが裕司の手を引っ張った。

「怖くなってきた」

裕司は頷いた。

「あまり驚かないでほしいんだけど」

「なあに？　これ以上驚くことがあるの」

「実はさっきからずっと帰ろうとしているんだ」

「どこから来たかわからないの？　あれ？　そういえば、私も方向がわからないわ」

「そうなんだ。迷ったみたいだ。ちょっと待って。あそこの人にきいてみよう」

裕司は目についた一番近い出店を目指した。

　その店では頭髪の代わりに頭に草を生やしている少女が植物を売っていた。売っているのは主に花と草だ。裕司といずみが近づいていくと、植物頭髪少女が声をかけた。

「世界の草を置いてますよ。マリファナもあるし、トリカブトの粉末もここで売っているわ。それからこれは癌にきくという南米でとれた……」

「すみません、道をききたいんですけれど、駐車場はどっちに行ったらいいんですか」

　少女は目を丸くして裕司を見た。

「注射する場所？　注射の店があるところ？　注射器ならここにも」

「そうじゃなくて、車を停めるところです」

「さあ、まさか……道に迷ったということ？」

「まあそうです」

「無理よ。どこから来たのか知らないけれど、あなたは夜市の仕組みをわかっていない。ここに迷い込んだら、買い物をするまで出ることはできないの」

「誰が決めたんです？」

「そういう仕組みなのよ。誰かが決めたのではなくて、そういう風になっているの」

「わかりました。海へ行く方向はどっちですかね？」

駐車場は海と反対方向にある。海がどちらにあるかを知れば、歩くべき方向の目安にもなる。ここは岬なのだ。山奥ではない。迷ったにせよ、迷い続けることはないはずだった。

「わかってないのね」少女は残念そうにいった。「たぶんあなたたちはもうしばらく迷うはずよ。そしてどのぐらいの時間夜市をさまようのか知らないけれど、最後には気がつくでしょうね。ここからは出られない、ということに。だからここで買い物しなさい。悪いことはいわないわ」

二人は草屋の前を離れた。

少女のいったことは本当で、それから数時間歩き続けたが、裕司といずみは市場の外には出られなかった。歩いても、歩いても、際限なく森と、店が続くのだ。

店先で何度も道を尋ねたが、答えはいつも同じだった。

「何も買ってないいんだろう。出られやしないよ。この夜市は生きているんだ。ここは取引をする場所なんだよ。家に帰りたければ取引をするんだ」

二人は道端に置かれているベンチに腰掛けた。

「さっぱりわからないわ」いずみが口を開いた。「ああ疲れた。来るんじゃなかった。どうして帰れないんだろう。本当に買い物しないと出られないのかな」

「すまない」

「いいよいいよ。明日の授業はたいしたものないから学校には行かないし」

いずみは顔の前で手を振ってみせた。

「そっか」

「何とかうまく方法を見つけないとね。それについて考えましょう。ねえ、裕司は一度、夜市に来たことがあるのよね？　そのときはどうやって帰ったの？　そのときも今日みたいに帰れなくならなかったの？」

「ほんの子供のときだった」

「それ、話してくれる？」

「ぼくはある田舎町に住んでいた。近所でお祭りがあって、弟と一緒にそれを見にいった。山のふもとの神社で、ごく普通のお祭りだった。たこ焼き、焼きそば、あんず飴、型ぬき、裸電球の下で、金魚すくい。ぼくたちは少ない小遣いを握り締めていた」

　裕司は遠い目をした。

「屋台の明かりの向こう側は、神社の暗い森だった。その闇の奥に青白い光が灯っているのを見たんだ。弟にいった。あっちにもなんかあるぜ、行ってみよう。弟はその光が見えないらしかった。お兄ちゃん向こうは暗いよ、怖いよ、あっちには行けないよ、それに向こうはお墓があるところじゃないか」

「それで？」

「大丈夫だよ、と、弟の手をひいて森の奥に入っていった。弟が怖がるのがおもしろかった。歩いていると、青白い光は一つから三つに増えた。すぐに三つから九つに増えた。すごいぞ、明日仲間たちに自慢ができる、と直感した。気がつけば化け物市の中にいたんだ」

「そこでは妖怪たちが妖怪たちにものを売っていた。ここみたいにね？」

いずみの言葉に裕司は頷いた。

「ちょっとのぞいて、おもしろかったのはほんの束の間、すぐに怖くなった。売られているものがさっきの場所とは根本的に違うことに気がつき、そこにいる人たちもさっきの場所とは根本的に違うことに感づいた。人間の子供がいるべき場所ではないとすぐに悟った。でも、もう手遅れだった。何かを買わないと出られない。ぼくの小遣いで買えるものなどそこにはなかった。さまよい続けた」

「ねえ、じゃあ、やっぱり何かを買えば、ここからも出られるのね？　はやいところ何か買いましょう」

「うん。そう思う」

裕司は暗い表情で答えた。

「それを知っていて、何も買わずにさんざん歩き回ったのは何のため？　もしかして何かを探しているの？」

「すまない。その通りだ」

「今日はいくら持ってきているの？」

「七十二万円。銀行でおろした。ぼくの全財産だ」

「それで、あなたは本当に欲しいものが何かあって、それを買わないといけないわけね」

いずみは確認した。少しばかり腹が立っていた。それなら最初からそういえばいいのに。

裕司はいずみの硬くなった表情を和らげようとしているのか奇妙に朗ら

かな声でいった。

「お金で買えないものってあるかな？」

「七十二万で買えないものならたくさんあるけどね。何よ。石ころだって一億円だったんじゃないの？　高いね、ここ。一万円以下のものは一つもないし」

いずみは、自分の財布の中には二千円しかないことを思いだし、もっとお金をもってきていればと悔やんだ。

「まあお金があっても、身長、年齢、愛情や友情、才能や遺伝子は買えないね」

「遺伝子って？」

「例えばだけど遺伝的に目が青い人には、お金を出してもなれないんじゃない？　青いコンタクトをはめるとか、青く見せることはできてもさ。もしも青い目になる手術とかがあって、それをしても、その人限りで、子供まで青くはならないでしょ。それよりも話がそれてない？　子供のときの話をしてよ。さまよい続けてどうしたって？　買い物して出たんでしょ？」

裕司の顔が微かに強ばった。

「さまよい続けて……たくさんの商品を見た。興味をそそられるものは、あまりなかった。でも、なんとなく理解したのは、そこにはなんでもある、ということだった。自転車、スーパーカー、本物の。洋服、生き物、家具、スパイス、日本刀、銃、麻薬、身長が伸びる薬。

ゆっくり見る気持ちの余裕はなかった。ぼくは何よりも一刻もはやくそこから出たかった。ある店先で、欲しいものにふと巡りあい、それを買って帰った。ねえ、誓ってもいい。ずっと忘れていたんだよ。子供のときのことは」

「何よ、そのとき欲しかったものって？　そのとき何を買って外に出たの」

「それは……」

「いいなさいよ。お金もなかったんでしょ」

裕司はうつむいた。

「思いだせない。いや……名前なんかあったかな。それは……野球選手の器だったのかな……」

「だったのかな？　野球選手の器？　どういうものなの？　皿とか鍋とか？」

「違うよ。形はないんだ。形はない。ただ、それを手に入れれば、野球が上手くなる、そういうものだったように思う」

「じゃあ、才能が……買えるの？」

「わからない。とにかくそれを買ったと思う。本当によくわからないんだ。それはとんでもなく高いものだった。でも、欲しいものはそれだった。プラモよりも、ゲームよりも、ずっと価値があるように思えた。実際、ずっと価値がある。それで……」

いずみは、ただ黙ってきいていた。

「野球選手の器は、とにかくぼくが野球選手の器と名づけたその形のない商品は、人攫いが売りに出していた。なぜ、人攫いとわかるかというと、どこからどう見ても人攫いだったからだ。彼はぼくにいった。〈坊や、お金がないなら、その連れている子で代わりに支払ってもいいんだぜ。そうすればすぐにここから出られるし、問題は何もなくなる〉ぼくは本当にどうかしていた。でも、どうにもできない状況だった。品物を買わなければならない。そうしなくては出られない。

人攫いの店の奥には攫われた子供たちが並んでいた。人形のように並んで突っ立っていて、みな生気のない目をしていた。〈わかっているだろう？〉人攫いはいった。〈運が良かったって。おまえたちと会うのが今日でなく昨日だったら、おまえたちは両方とも、ここに並んでいたんだぜ。だが今日は夜市の日。おまえたちは客だ。夜市がおまえを客と認めているからな。でもな、何も買わずにずうっとうろうろしているなら、おまえたちは客ではないと、じきに夜市は思うだろう。そうしたら、おまえも弟も両方ともこっちに並ぶことになる。さあ、おまえは助かる。何が欲しいんだ？　いろんな器があるぜ。何を得意になりたい？〉」

裕司の表情は完全に強ばっている。彼がそこで何をしたのかいずみは察した。

「それでお金を持っていなかったあなたは」いずみの声は少し震えていた。「弟を売った？　そういうことなの？」

裕司はしばらく黙ってから口を開いた。

「悪夢だと思った。夢から覚める方法は一つしかなかった。ぼくはいったん器を前にすると、それが欲しくて欲しくてたまらなくなった。逆に、弟はいてもいなくてもどうでもいいように思えた。〈取引が済めばおうちには帰れるさ。なあにおまえが思っているような心配はさらさらないぜ〉人攫いはそうぼくにいった。ぼくは弟にささやいた。ここから出るにはこれしかない。必ずお父さんとお母さんを連れて、警察も連れて戻ってきておまえを救いだしてやるから。弟はただ泣いていた。逆もありえた。つまり、弟が兄を売るということだ。でも、弟は泣いて何も判断できない状態だった。二人のうちどちらが取引をする相手なのか人攫いにはよくわかっていた。人攫いはぼくにだけ話しかけた。

もちろん、ぼくはひどいやつだ。そんな目で見なくても、自分でよくわかっている」

裕司は額に手をやった。

「話を続けよう。望みの品物を手に入れると夜市は消失した。ぼくは神社で倒れているところを見つかって、家まで運ばれた。弟は、どうなったと思う？」

「さあ？」

「目覚めたのは自分の部屋で、すぐに隣の弟の部屋に様子を見にいった。ひょっとして、帰ってきてやしないかと。不思議なことに弟の部屋は一晩のうちに、本棚と楽器の置いてある父の書斎になっていた」

「一晩で？　それおかしくない？」

「おかしいさ。でも一晩だよ。弟は消えていた。最初から存在しないことになっていた。ぼくの記憶にはあったけれど、父と母の記憶からは消えていた。そして、弟が存在したあらゆる証拠もまた消えていた。神社に弟がいるんだ。ぼくはいった。人攫いにさらわれたんだ。助けないといけないんだ。でも、誰もとりあってくれなかった。頭がおかしいと思われる前に、最初から存在していない弟について、口に出すのをやめたんだ。

それからぼくは野球が上手くなった。ずっと下手くそだったけれど、何か、今まで使えなかった筋肉が使えるようになり、おぼろげだった、球とバットとの、あるいは球とグラブとのタイミングの感覚が、はっきりと見えるようになった感じだった。すぐにリトルリーグのエースになった。最高だった。中学でも野球を続けた。でも、その頃から、あまり野球がおもしろくなくなってきた。そして罪悪感。日々を重ねれば夜市の記憶は大昔の悪夢でしかなかったけれど、説明できない罪悪感があった」

裕司は罪悪感について話した。

弟がいないのは悪いことじゃない。おやつも独り占めだ。母親も独り占めだ。すぐに泣く足手まといの鼻たれがいない……悪くない。しかもぼくに責任はないんだ。ぼくは子供で、大人たちは、みんな弟なんてモウソウだっていっているもの。警察もぼくを犯人だなんていわない。ぼくは捕まらない。安心してもいい。安心しても……。

それなのに、この気持ちはなんだ？　なぜ、青空に吸い込まれる、自分が打ったホームランを見て泣きたくなるんだ？

「もちろん、自分で自分にいい聞かせた。ぼくには弟なんて最初からいなかったし、夜市の記憶はただの子供のときの変な夢なのだ、と。野球はぼくのもとからの才能で、なんら恥じる必要はないのだ、とね。ぼくはそのことを七割は信じたよ」

「残りの三割は？」

「信じられなかった。ぼくには夜市を感じられる力があったから。だからこそ幼い頃夜市にまぎれ込んだのかもしれないし、あるいは夜市にまぎれ込んだからこの能力がついたのかもしれない。いったん買い物をした店からダイレクトメールが送られてくるようにね。夜市がどこかで発生したり、発生しそうになると、ぼくにはわかるんだ」

「市場が発生というのは言葉の使い方としておかしいんじゃない？」

「いや、発生なんだよ。台風とか、竜巻とかと同じ種類だ。よくわからないけれど、ある条件が重なるとある一定の確率で夜市はどこかで発生するんだと思う。たぶんある程度周期的に。あるいは、夜市そのものは恒常的に存在していて、ぼくらの世界に周期的にその入り口が発生するのかな」

「それがあなたにはわかる」

「うん。鳥や虫、蝙蝠（こうもり）がぼくに教えてくれる。言葉ではない言葉で、夜市が近づいてくると、雨が降る直前のように、夜市の気配としかいいようのないものがじわじわと空気に満ちる。そうすると信じていたことが、ガラガラと崩れてしまい、ぼくは弟と、野球選手の器のことを思いだす。ぼくは、両耳に手をやり、うずくまって、それが去るのを待つ。なんてことをしてしまったんだ。後悔してももはや遅い。天気が変わるのを待つしかない」

黄昏どきに蝙蝠や虫やヤモリが語りだす。昨日はそれらは語らなかった。だが今は語っている。たぶん明日は語らないかもしれない。だが今は語っている。

今宵、市場が開かれる、と。

泥まみれのユニフォーム、一人で住宅街を歩きながら、風にざわめく木々を見上げる。あの日が来る。あの日ってなんだ？　わからない。正月やクリスマスとは正反対のもの。もっとずっと暗いお祭り。起きれば忘れてしまう夢の中の怪異の気配が本当になる日。どうしてそれがわかる？

それは……風が少年の代わりに答える。

おまえは一度そこに行ったことがあるからだよ。弟を売っただろう？

「野球についていうなら、ぼくは中学に入ってあまりおもしろくなくなっても、それでも続けた。その頃、ぼくはピッチャーで、ぼくの投げる球は誰にも打てず、バットを振ればヒットをとばした。そして、高校は野球が強いところに推薦で入学した。でも、憂鬱だった。ずっと憂鬱だった」

「本当？　そうはいったってあなたは注目を浴びていたでしょう」

いずみの言葉に裕司は意外そうな顔をした。

「本当に？　どんな注目？」

「さあ？」

いずみは言葉につまった。いずみと裕司は同じ高校だったのだ。高校の野球部は甲子園に行き、そこに裕司はいた。

ホームに滑り込んで、両腕をあげて満面の笑みでガッツポーズを決めて、仲間に肩を叩かれている少年。いずみの知る数少ない高校時代の裕司。あの頃の裕司は、今ここにいる裕司とはまるで別人のようにも感じる。

「注目なんて浴びてやしないさ。ぼくがヒーローだとすればそれは『野球』という時間に限ってね。教室で座っているときは、ただのぱっとしない坊主の学生。女の子にもてるわけでも、成績がいいわけでもない。おもしろい話ができるわけでもない。確かに、野球の試合で自分が活躍すればそのときは注目を浴びる。でもそれだけさ」

裕司は自嘲気味にいった。

「それはもう終ったことなんだ。ずっと忘れていたよ。単純だった。子供のとき、野球の漫画が流行っていて、それで野球に興味を持った。てんで下手くそで、リトルリーグの仲間からはよく馬鹿にされた。上手くなりたいと本気で祈った。でも、それは一時の熱だったんだ。中学で、野球部で、坊主にして、毎日筋トレだ、球拾いだ、ランニングだってやっているときには、流行はバスケットボールになっていた。また、バスケ漫画が流行っていてね……」

「馬鹿じゃないの。結局流行りなわけ。そういうのとは縁遠い人だと思っていたけど」

「本当の理由は……好きな女の子がいたんだ。ちょうど夜市が起こったときにね。その子は、同じクラスで、やっぱり同じクラスの野球が上手な活発な男の子が好きだった。ぼくは野球が上手になってその子を自分に振り向かせたかった」

「振り向いた？」

「小学生だったからね。実のところ振り向くも何もなかったよ。ぼくは彼よりも野球が上手になったけど、次の年のバレンタインデーには、その子はまた全然別の男の子にチョコレートをあげていたし」

「残念ね」

「ああ。弟まで売ったのに。なんにせよ、野球である必要はないと思っていた。スポーツである必要もない。もっといろんなことができるんじゃないか。野球以外にもあるんじゃないか、と考えるようになった。それと同時に、自分にはそんな別のことをやる資格も能力もないとも思った。たった一つの取り柄でさえ、弟を売って買ったんだ。他の何ができる？　そして、ぼくは高校二年のとき、甲子園に行った。それを最後に高校を退学し、野球と手を切った。その頃には野球はおもしろくないどころではなく、ただ辛(つら)いものになっていた」

「逃げださなければプロ野球選手になれたんじゃない？」

「たぶん無理だったろう。あるいはなれたかもしれないけれど、一流の選手にはなれなかったと思う。ぼくが得た、野球選手の器は、野球が下手くそなぼくの野球に対する能力を高める、そういうものだった。誰にも負けない一流の能力を約束してくれるものではなかった。甲子園ですら、ぼくよりも能力のある選手は何人もいた。他でもない自分のことだからわかるよ。ぼくは天才ではなかった。ただ人より野球が少し上手い、それだけだった。加えて、ランニングも筋トレも、運動部の上下関係も好きじゃなかった」

「それで？」

いずみは先を促したが、裕司は答えなかった。

「それで……さんざん帰り道がわからないといって私をひきずりまわして、何がしたいというの」

「夜市の性質は、ぼくがいっても上手く伝わらないし、実際に体験するべきだと思ったんだ。ぼく自身もまだ二度目だから、確認したかった。本当に品物を買わないと出られないのか。でも、本当だ。ここはぼくが幼いときに迷い込んだあの市場と同じ市場だし、買い物をしないと出られない」

「でも、場所が違うんでしょ……」

「わからないよ。同じだと思う。ぼくが思うに、場所なんて関係ないんじゃないか？　場所はいつも変わるのかもしれない。あるいはあちこちに入り口があって、どこから入ってもここにたどりつくのかもしれない」

いずみは腕時計に目をやった。針は六時をさしていた。もう夜明けを迎えている時刻だが、あたりは暗いままだった。店の売り子も店をたたむ気配は全くなかった。

「ねえ、朝が……」

裕司がさえぎった。

「朝はないんだ。おぼえている。あのときも最初に待ったのは朝だった。でも、朝は来ないんだよ。夜市は買い物をしない限り、ずっと続くんだ。ここでは外の世界の時間は流れていないんだよ」

いずみの顔に恐怖が広がった。どのように迷おうと、朝は来ると思っていたのだ。夜市から出られないなら、夜市が終るまで待てばいいじゃない、と思っていた。

「落ち着いて」

「明るくならないの？　最悪だわ」

いずみは泣きだした。

裕司は目を伏せて、じっと黙っていた。

いずみは考える。

才能が買えるなら自分なら何を買うだろうか。何を買っても同じなのかもしれない。例えば、ピアノの才能を買ってピアノがすごく上達しても、世の中にはすごく上手いピアニストは何百人もいるだろう。おそらくそれを職業にするのは難しいだろうし、兄弟を売るほどのものじゃない。

美貌の才能。美しさには興味がある。女として当然だ。でも、それが今と違う顔になるという意味なら、整形手術をしたいとこれまで思ったことがないように、美貌の才能も、買って手に入れようとは思わない。

結局自分には欲しいものなどないのかもしれない。まあ、今のところは。

いずみは泣き止んだ。

「で……今度は何を買うつもりなの？」

裕司が何か答えようとしたときに、横から声がかかった。

「おや、お二人さん。また会いましたね」

抜き身の刀を片手に持ったコートにハンチングの老紳士だった。抜き身の刀は物騒だが、老紳士は穏やかな目をしている。

「よかった」いずみは老紳士にすがるような目を向けた。「案内してくれるっていってましたよね」

　老紳士はきさくに笑った。

「そのつもりだよ。じゃあ、欲しいものは見つかったかい」

「そうじゃなくて、帰りたいんです」

「帰るだけ？　何も買わずに？」

　いずみは裕司を素早く見る。あなたが嫌なら私だけでも。

「はい」

「それは難しいね。ここでは何かを買わないと、出られないんだよ。そういう呪力が働いているんだ」

「それはききました。でも、何かってなんですか？」

「それをじっくり探すのがこの市場の楽しみ方でね。人それぞれ、買わねばならないものが決まっているようにも思える。その商取引がここから出る方法。なんにせよ買いさえすれば、帰りたいと思った瞬間、帰れます。私はこの刀を手に入れたので、ぶらっと歩いてから引き上げるところだったのだが」

「すみません、まだ、帰らないでください。あの……買えないとどうなるんです?」

「そうなるとまずいですね。見当もつきませんな。夜市の毒気にやられて、妖怪化するか。あるいは市場に喰われるか……なんにせよろくなことにはならない」

黙っていた裕司が口を開いた。

「人攫いを知っていますか?」

いずみと老紳士は裕司を同時に見た。

「ええ」老紳士は目を丸くした。そして少し声を低くした。「知っていますよ。人攫いね。ええと、そこで買い物を?」

「ぼくが買いたいのはね」裕司は笑みを浮かべた。その目はいずみも老紳士も見ていなかった。「弟なんだ。買い戻したいんだよ」

いずみと裕司は老紳士に導かれながら、際限のない森の中の道を歩いた。

二人は状況を老紳士に説明した。

「人攫いね。そこに弟さんがいるのかね」

「わかりません。ずっと昔のことだから」

「ねえ、裕司。悪いけどさ、たぶん、もういないと思う」

いずみが口を出した。

十年近く前に売ったものが今もあるはずはない。

「そうかもしれない。でも、とりあえず、確かめたいんだ」

意を決していずみは歩みを止め、いった。

「あなた、私を売るつもりでしょう？」

先を歩いていた裕司と老紳士が振り向く。

「え？」

「わかるのよ。私、馬鹿じゃないもの」

「誤解だよ」裕司は眉をひそめた。「そんな」

しかった。

「大丈夫かね」老紳士がいう。「なんなら席を外すが」

「いいんです、いてください」いずみはいった。老紳士には本当にいてほしかった。

「正直にいって。あなたは私を売る。そして、また人攫いのところで、何かの才能を買おうと思っている。足りなければ七十二万円もつけてね。今度はよく考えて自分に適した才能を。そうでしょう？」

裕司は首を横に振った。

「正直にいおう。ぼくがここに来たのは弟を買い戻すためで、才能を買うなんて二度とごめんだ。君は何の関係もない。夜市に誘ったのは、悪かったと思っている。君を売ろうなんて、ひとかけらも思っていない」

「信じるからね」

いずみは念を押した。もしも裕司が本当に自分を売るつもりでないなら、ここで別れるのは得策ではない。財布の中には二千円しかないし、それではおそらく死ぬまで夜市の森をさまよい続けることになる。

しかし、果たして信じていいのだろうか。

「話が済んだら行こう。人攫いの店はもうすぐだ」

歩きながら老紳士がいった。

「売るとか売られるとかの話だが、売られる方がそれを受け入れなければありえん話だよ。犬や猫ではないのだから」

青白い光に照らされた白いテントが近づいてきた。遠目にも、テントの中に少年少女が人形のように立っているのが見えた。

彼らはみな無言で虚空を見ていた。

人攫いはベレー帽をかぶり、椅子に座って煙草を吸いながら客を待っていた。人攫いは人間の姿をしていたが、いずみにはそれが悪魔だとわかった。考えれば、これは悪魔と取引する物語そのものではないか。セールスマンの恰好(かっこう)をした悪魔は物語では定番だが、悪魔だって店をかまえた方が楽だろう。取引しようという人間が自分から来るならば。

「すみません」裕司は人攫いに声をかけた。いずみと老紳士は裕司の後ろに立った。

人攫いはねじれた笑みを浮かべた。

「お兄さん、探し物はここかね」

裕司は深呼吸をすると話をきりだした。

「十年ほど前にここで売られた子供をおぼえていませんか。五歳ぐらいの男の子。兄弟で、兄が弟を売ったのです。野球選手の器とひきかえに」

「ふうむ」人攫いは唸った。「それで？」

「その子を探しているんです」

「その子の名前は？」

裕司は、答えようと口を開いたが、名は出てこなかった。長い間があった。

「……わかりません」

人攫いは小ばかにしたような、やれやれという顔をした。

「じゃあ、その子の特徴は？」

「男の子で……五歳か……六歳」

「男の子で？　五、六歳。他には？」

「わかりません」

「あんた肉屋に行ってこうきいてるんだぜ？　十年前にここで売られていた肉を知りませんか。何の肉かはわからないんですが。なんだよそりゃ」

裕司はうつむいた。

「別の子じゃ駄目なのかい？　いいのがいるぜ。男の子も女の子もさ」

裕司は首を横に振った。

「ふん」人攫いは鼻を鳴らした。「探しているものが確かにここにあって支払うものを支払えば渡さないこともない。だがね、あんたは名前をおぼえていない。顔だってうまくおぼえていないだろう。そういうあんたに俺はいうことができる。この奥にあんたの探している男の子がいるよ、こいつだ、とね。だが俺の言葉以外には何の保証もない。それであんた、買うかい。その男の子を。これは親切でいっているんだが。一応教えておこう。

十年前から売れ残っている子供はいるにはいる。だが、多くは売れちまってここにはいない」

「売れ残った子を見せてもらいましょう」

「見るだけだぜ」

「ねえ、どんな子なの？　腕に火傷（やけど）のあとがあるとか、毛の生えたほくろが左頰にあるとか」

「おぼえていないよ」

裕司といずみは人攫いが示す何人かの子供を見た。みな半ズボンをはいていて、感情のない暗い目をしていて、一言も口をきかなかった。生きてはいるようだが人形に近かった。裕司は、きっと違うと呟（つぶや）いた。

「この子たちはしゃべれないの？　本人にはきけないの？」

「凍結してるんだ。年をとらんように。買わない限りは凍結を解くわけにはいかんね」

「売れた子はどうなるの？」いずみは人攫（ひとさら）いではなくぼんやりと刀をぶら

ぶらさせている老紳士にきいた。人攫いとは一言も口をききたくなかったからだ。

「何者かにひきとられ、その何者かが属している世界の何処かの地で、元とは別の名前で成長する。そのような美しくも幸運な例外を除けば、きかない方がいい死に方をしているでしょうね」

「売れた子を探すことはできるの？」

「場合によるが、困難だろう。十年前にスーパーで特定の豚肉を買った人の住所を探しだすよりも困難だ。なにしろここは夜市なんだ。複数の世界が重なりあっている場所なんだよ。どの世界にひきとられたかすらわからない状況だな」

老紳士は言葉を切ると、途方にくれている裕司に声をかけた。

「さあ、どうするね？」

「無理……ですね」裕司は力なく微笑んだ。

老紳士はやさしく頷いた。

「あきらめたらいい。残念だが時が経ちすぎている」

「さて、こうなったところで俺が明かそう……」人攫いが笑って子供の一人を指した。

「俺は知っている。十年前に弟を売った兄弟を。それ、その半ズボンのやつがあんたの弟だよ。おめでとう」

「まさか」裕司はありえないといった風に顔をしかめた。老紳士は、鋭い目で人攫いを睨んだ。

「あんたは、わかるはずがないとさっきいったのじゃないか」

「そりゃあ試したんだよ。お兄さんを。十年前に消えた記憶の中だけの幼児を十年後に見極められるものなのか、興味があってね」

人攫いはあくまで狡猾に意地悪く笑みを浮かべた。

「信じられない」

裕司は人攫いが示した売れ残りの少年——五歳ぐらいの男の子を見た。黒の半ズボン。白いワイシャツに蝶ネクタイをあわせている。私立の幼稚園の卒園式にでもいそうな子供だ。

ぼっちゃん刈りで、青白い肌、暗い目はじっと裕司を見ているが、そのまなざしに感情はない。いや、あるとすれば絶望か。

「彼は全てを奪われてここにいる。服なんかはもちろん商品を飾ろうとこっちで用意した。元の服やら持ち物はみんな処分したよ。でも、この子さ、あんたが探しているのは。間違いないよ」

「でも……」

「でも？　いいさ、別に。信じられない。そうだろ？　それはあんたの勝手だよ。弟はすごく運がよくここで待っていた。あんたは服以外別れたときとそのままの弟にここで会えた。でも、信じられないから帰る。それで結構。あんたの欲しいものはきっと弟じゃなかったんだろうし、別のものを見つけて元の世界に帰ればいい。俺にはどうやったらあんたが信じるかってことはわからないんだ。ただありのままをいうだけでね、信じさせようといろいろしたりはしないよ。結局のところ、何も思いだせないあんたにとっちゃこれは信じるか信じないかの問題だろ。あんたがこの子を弟だと信じればこの子は弟さ。信じないなら弟じゃない。真実はあんたが選べばいい」

「本当にぼくの弟？」

「俺はそうだと思う」人攫いは裕司を見て頷いてみせた。「俺が嘘をいっているかどうかあんたに知る術はない。クレームもクーリングオフもないからな。よく考えたらいい。ただ、買い戻すにしても高いぜ。子供というのは値がはるものなんだ。まあ売れ残りの子だし、あんた次第で、ちょっとは勉強させてもらうけどね」

「どう思います？　本当にぼくの弟だと思いますか？」

裕司は老紳士に声をかけた。老紳士はぼんやりとしていた。いずみが老紳士の袖を引っ張った。

「私にきかれても……。その可能性は低いのではないか。弟については何も特徴のようなものを思いだせないのかね？」

裕司は声をひそめた。

「はい。残念ながら。夜市では詐欺もありえるのですか？」

「うん。詐欺は夜市においては罪だからめったにはないと思う。だが、ありえるな」

「さっきもいったが、別に買わなくてもいいんだぜ」人攫いがいった。「そっちが納得できない取引なら、あとあと気分が悪いからよ、こっちもよ」

裕司は人攫いに向き直った。

「ぼくはかつて弟とひきかえに野球の才能を手に入れた。その才能を逆に売ってその子を買い戻したい。そういうことができますか」

人攫いはぽかんと口を開けた。

「できないね」

「できない……」

「ただ純粋にできない。わかるか？　子供一人の価値はあんたが思っているようなものではないし、あんたの野球の才能と交換するには見合わない。金のほうがてっとりばやい。どうだ？」

「では、いくらですか」

「うん？　いくらがいい？　いやいや、ぶっちゃけてな、いくら持っている？」

「七十二万円。これが正直な金額で、これが今もっている金額の全てで、これ以上は一円もでない」

人攫いの笑みが凍った。

「あんたな。人間が、人間の子供が、七十二万円で買えると思うか？」

人攫いは、出来の悪い子供を叱る教師のようになった。

「なあ、買えると思って来たのか？　車よりも安いだろ。違うか？」

「でも、七十二万円しかないんだ」裕司の目に涙がたまっていた。

「考え方次第じゃないか？」老紳士が形勢不利な商談に割って入った。

「さらってきた子供の元値はタダに等しいだろ。この子は本当に彼の探している弟かもわからない。違っていても返品はできない。だいたい売れ残りなんだろ。十年も売れなかった。この先だって売れるかどうかわからないんだ。誰がひきとる？ こっちには、七十二万円はずいぶん大金だ。それで買えないなら、あきらめて別の店に行くさ」

人攫いは迷惑そうに老紳士を見た。

「誰がなんといおうと、七十二万円じゃあ売れないよ。帰ったらいい」

「いくらなら売れる？」

「あんたがいったことを全部考えてみて、三百万円かな」

「では買えないな。さあ、行こう」

「七十二万円に人間を一人つけるよ」

裕司はきっぱりといった。

いずみは店から一歩下がった。

「それなら……考えてもいいが」

人攫いは用心深げにいった。

「老人ならいらない。若いのか。男か女か。なあ。誰だ？　そこの女の子か」

裕司はいずみに目をむけた。

「私は……絶対に嫌だから。それに、あなたの持ち物ではないし……」

「ごめん」

「はあ？　何いってるの？」

「君の買い物のチャンスをくれ。君がぼくの弟を買うんだ。ぼくは心の奥底でずっと死ぬことを考えていた。望んでいるんだよ」

いずみはすぐに裕司がいっていることを理解した。人攫いも同時に理解したらしく、ぱちんと手を叩いた。

「そうか。あんたか。いいぜ。あんたは若い。七十二万円と年若い青年だ。取引は成立するがそれでいいかい？」

「いいわけがない。考えなおせ」老紳士が厳しい声でいった。「ヤツの商品になってみろ。二度と元の世界に戻れなくなるぞ」

「これでいいんです。ある日、ぼくは死のうと思いました。高校の時、つきあっていた女の子と喫茶店で午後を過ごしながら、ああ、もういいや、と思ったんです。なぜそう思ったかなんて口では説明できない。それは曇った冬の日のことで、その女の子は無口で無表情な人形みたいな美人だった。ぼくが何を話しても、うふふ、とか、すごい、とかそんな反応しか、かえってこなかった。タオルを殴るような手ごたえのないいつもの会話の中で、彼女はふといった。〈私の友達、野球選手としたことがあるのよ〉それは、プロ野球のなんとかという選手に、彼女の友達が偶然、沖縄の酒場であって、そのまま一晩を共に過ごした、という話だった」

「ねえ、裕司？」

「その恋人には、ぼくの知る限り女友達と呼べるものは一人もいなかったし、何一つ信用できない子だった。でもその話はとても本当のようにきこえた。その子がその話をした瞬間、ぼくはその喫茶店も、その子も、その子が語るその友達も嫌いになった。でも、嫌だからって、変えられることじゃない。あるときにある場所で生まれて、そして誰かと出会うって、嫌だからって変えられることじゃないだろ？　その日を境にずっと死を考えていた。生きていくのがひどく怖くて億劫になった」

いずみは首を横に振った。老紳士も首を横に振った。

「理解不能ですけど」

「当の本人のぼくにもね。ねえ、その子は、まるで自慢するようにいったんだ。私の友達はプロ野球選手とセックスしたことがあるんだ、と」

「その子じゃなくてあなたがよ。だから、それが何？　ちっぽけなことじゃないの？　その子が浮気したわけじゃなくて、その子の友達でしょ」

「そのあと、その彼女は続けた。〈裕司も早くプロ野球選手になってね〉そういってうふふ、とその子が笑った瞬間、ぼくは、自分が大切だと思っていたものが、さほど大切ではない、それどころかゴミのようなものだって気がついたんだ。だからといって変えられるものではない。もうそれは、ただそこにある、現実、としか呼べないものだった」

「さっぱりだわ」

いずみはいいながら、自分が裕司だったら、例えば、自分がピアニストの卵で（幼き日の夢はいつもピアニストだった。家にピアノはなかったのだが）つきあっている男が、〈俺の友達は有名なミュージシャンのなんとかと寝たことがあるぜ、おまえもはやくプロになってくれよ〉といったとしたら、たぶんすごく嫌だろうなと思った。自分の周りの世界がそんなふうにできていたとしたら。確かに……でも、それはひどい話には違いないが、世の中にはもっとひどい話がいくらでもあるのではないだろうか。

「最後には、弟を買い戻してから死のうと思った。だから、弟とひきかえに売られることはいいんだ。別に……」

「あなた何いってるの？　私はどうなるの？　残された人たちはどうなるの？　自分の命をなんだと思っているの？　ゴミみたいな女が、ゴミみたいなことをいったからといって、どうしてあなたが死ぬの？　あなたの周りがゴミでできていたからといって、世界の全てがゴミでできているとは限らないでしょ」

「君にはすまないと思う。君は残された人かもしれない。でも、ぼくの親はどうも思わないよ。それ以外の人たちも。ぼくは、弟がそうなったように、存在しなかった人になるんだ。彼らは悲しみはしない。何も失ったと感じないからだ。素敵じゃないか。〈死ぬ〉のではない。〈存在しなかった〉んだ。こんな素晴らしい条件に魅力を感じない自殺者がいるかな。たぶん世界ではそういう取引があちこちで行われているんだ。誰にも気がつかれずにひっそりと。ぼくは消える。代わりに弟が世界に残る。それを願う」

「ねえ、この子は弟じゃないかもしれないでしょ！」

「弟でないなら仕方がない。ぼくは不幸なさらわれた少年を一人解放し、そして世界から消える」

「でも……」

「理解してくれ。それに……気がついてた？　このままなら君はここからは出られないんだ。お金をたいして持ってきていない君が夜市から出るには、ぼくを売るしか、この方法しかないんだよ。君がぼくの弟を買えば、君は取引をしたことになる」

「私は、嫌よ」

いずみは答えながらひどく動揺した。そうだ。裕司が買い物を済ませれば自分も帰れるものだと漠然と思っていたが、確かに違う。裕司が何かを買えば帰れるのは裕司だけで、自分はこの化け物市場に取り残されることになる。これはまるで、罠だ。

「嫌よ」いずみは呟いた。「帰れないってあんた七十二万円あるんだから、四十万円ほどで何か別のものを買って、私に残りの三十二万円貸してくれたらいいじゃない。戻ったらすぐに返すし、利息をつけて返したっていいんだから……」

「嫌だね」裕司は笑みを浮かべた。「ごめんだね」

「それ、ひどい……」

「もちろんさ。ぼくはひどい男なんだよ。君がどれほど善人ぶろうとも、ぼくを変えることはできない。二つに一つだ。ぼくを売ってあの子を買い、ここから出るか、一人ここに残るかだ。君がいいというのなら、代わりに君を売ったっていい。それでも弟は戻ってくるだろう。変な良心を出すのはやめてくれ」

「ずるい、嫌よ、あなたを売ってわけのわからない子供なんか買いたくない！」

いずみの両目に涙が滲(にじ)んだ。たぶん、彼は最初からこのつもりだったのだ。アパートで、お金はある？　ときいたときから。

「じゃあ、ぼくの代わりに売られてくれ。あの弟は元の世界に戻る権利がある。それは絶対だ。何をひきかえにしても戻してみせる」

裕司はいい張った。いずみは言葉を返せなかった。裕司は引きつった笑みを浮かべたままいずみから視線をそらした。

「望むようにするといい」老紳士が口を挟んだ。「間違いなく愚かな行為だが、君の生は君のものだから」

裕司は人攫いに向き直った。

「彼女は嫌だといっているけれど、ぼくは売られたがっている。お金とぼくと交換で弟を彼女に渡してください。そしてその取引の効果で彼女を夜市から出られるように。できますか？」

「できるともさ」

人攫いは嬉しそうだった。

「よかった」

「確認だ。その子は本当にその青年の弟なんだろうな」

老紳士が人攫いを睨んだ。

「もちろんだとも」

人攫いはにっこり笑った。

「契約成立だ」人攫いは誰にともなく、それでいて誰かにきこえるようにいった。「このあんちゃんとの契約は二度目で、一度目の借りがある。だから……仕方ないな？　こういうことで」

どこかで錠がかかるような、ガチャリという音をいずみはきいた。夜市での取引の契約完了を告げた音なのか、老紳士が動いたときに刀が何かに触れた音なのか。

老紳士の動きは無駄がなく速かった。

脅しも告白もためらいもなく、老紳士は前に飛びだし、刀を振った。

人攫(ひとさら)いの首はいずみの目の前で両断された。

老紳士は刀を振り切っていた。

首は地面に転がる。

裕司が何か叫んだ。

老紳士は大声をはりあげた。

「この男は詐称をした。神聖なるこの市場の誠意ある取引に間違った商品をそれと知っていながら用いた。それでは、仕方ないな？　こういうことで」

頭を失った人攫いの体が、首から血を噴出しながら探るように裕司に両手を伸ばし、裕司は後退して尻餅をついた。人攫いの体が向きを変え、いずみに向かったところを、老紳士が斬り倒した。

呆然としているいずみの視界が暗くなった。

光がどんどんと薄くなる。店の明かりが弱まっていき、潮がひいていく音がした。

いずみの暗くなる視界の中で……。

老紳士は尻餅をついて目を見開いている裕司に向かってゆっくりと刀を振り上げた。

「詐称？　なんで……」

「あの子供は君の弟ではない。なぜなら弟はずっと前に……」

老紳士は刀を放り捨てた。

人攫いの店の明かりが消えた。

森のあちこちに散らばっていた店の明かりが一つ一つ消えていく。

暗くなっていく。

何人もの子供が音も姿もなく、だけれど、それでいて子供たちのものとわかる、わあああっと尾をひく歓声の気配を残していずみの両脇を走りぬけていった。

そうか。人攫いが死んだから、子供たちも、元いた場所に帰るんだ。いずみは思った。

そうあって欲しい。

自分の姿さえ見えない暗闇にあたりは包まれた。

見回せば、遠くに提灯(ちょうちん)が二つ並んで灯(とも)っていた。存在する明かりはそれだけだった。いずみは提灯の明かりを目指して闇の中を歩いた。不思議と石につまずくことも木にぶつかることもなかった。

並んだ提灯の間を通り抜けると眩暈(めまい)がした。

いずみが目を閉じるのと同時に夜市は閉じた。


そして眠りこれは夢の一部となる。


夢の中でいずみは夜明けの森の中を歩いていた。もう店はどこにもない。風が地面から空に向かって吹いている。闇の粒子が空に舞い上がっていき、あたりに光が満ちていった。透明な秋の夜明けの光だ。森にこびりついた大量の煤(すす)のような闇を風と光がこそぎおとしていた。

森を抜けて海に出た。空には凄(すさ)まじい黒雲があった。舞い上がった煤が雲に吸い込まれていく。自分が出てきた森の上空を見ると、まるで黒い雪が降っているように見える。だがそれは逆向きに降っているのだ。地から天へと。

黒い巨大な塊。雲と呼ぶしかないが、本当は雲とは別の属性の何かなのだろう。

風がその巨大な塊を海へと押しやっていた。四方から強い風が吹いていた。頭上を覆っていた黒雲がやがて完全に陸を離れ、水上のものになり、水平線の彼方(かなた)に消えていくまでを、いずみは髪をなびかせながら見守った。

やがて夢は現実にとすりかわる。


午前十一時。

海の見える岬の断崖(だんがい)の小さな灯台の下にいずみは座っていた。

太陽は中天に昇り、潮の匂いのする穏やかな風が海から吹いていた。

長い間こうして座っている。口の中はべとつき、尻は痛み、頭の奥にもやがかかっていた。

夜市は去った。

去ってしまえばそれは存在したことすら疑わしかった。

いずみは、夜市について思考を巡らそうとしたが、首を横に振って中断した。昨晩のことなのに、赤ん坊のときの記憶を思いだそうとするように不確かだった。

誰かがそばにいる。気配を感じて隣を見ると、コートにハンチングの男が灯台に背をもたせかけて海を眺めていた。

二人はしばらく黙っていた。

いずみは待った。やがて男は語りだした。

「彼の弟の話をしましょうか?」

それで通じた。

「はい」

「あそこにいたのは彼の弟ではなかった。弟は……兄が弟を売ったその日、弟は人攫いのところを走って逃げたんです。そして、目についた商店にとび込んで、〈自由〉を買った。どのような品物かはわかりません。形などなく、〈自由〉としかいえないものでした」

いずみは頷(うなず)く。

「自由。それは人によって指すものが異なりますが、それは当面のところ、人攫いの呪縛(じゅばく)から一時的に逃れるといった意味での自由でした。そして、その代価は〈若さ〉でした。運良く自由を買わなければ、弟はすぐに人攫いに捕まっていたでしょう」

ハンチングの男は話を続けた。

兄が自分を売った。それを理解した瞬間、ただ泣いていてはいけない、と瞬時に判断した。少年は走りだした。その判断の速さは幸運だった。まさに人攫いが少年の肩に手を伸ばしていたところだったのだから。

少年が走りだし、人攫いが追おうとした瞬間、牛車を引いている鬼がたまたま通りに現れ、二人の間を塞(ふさ)いだことが少年の逃走を助けた。

全力で、後ろを振り返らずに、藪(やぶ)の中もかまわず走った。蔦(つた)に引っかかって転がり、顔を上げると、そこにあったテント小屋に飛び込んだ。

テント小屋の店の中に入ると、奥に座っているしわくちゃの老婆が、あんたはお客さんだね、と少年に問いかけた。少年はとっさに頷く。人攫いが追ってくる。助けて！　少年は老婆にすがるが、老婆は相手にしない。あと十秒だけあんたはお客さんだ。さあ、何を買う？

壁には仮面と服が並んでいる。

自由という言葉を五歳の少年は知らなかった。ただ、心より願った形なき商品。

そうかい……老婆は少年がその名をいえないことを気にしない。それじゃあ、あんたの若さをもらうとしよう。今のあんたが持っていて、ここで売れるただ一つのもの。

さあ、そこにあるローブをはおるといい。

そして壁にかかった仮面をつけるんだ。

少年はいわれた通りにする。

もう出ていっていいよ。あんたは望むものを手に入れ、あんたの若さは私がもらった。さあ、取引は終ったんだよ。

見ればそこにいるのは老婆ではない。年若い青白い女だった。女は笑みを浮かべていた。

少年が自由を買って店を出たとき、人攫（ひとさら）いがあたりを見回しながらやってきた。少年はもはやこれまでと観念しかけたが、人攫いは少年を一瞥（いちべつ）することもなく、通り過ぎていった。なぜだろう。人攫いは気がつかなかったのだ。そこに立っていた、ローブをまとい仮面をつけたものが、自分の探している五歳の少年であることに。あるいは、買ったばかりの〈自由〉が効果を発揮したのかもしれない。

少年は、夜市から出ることを望んだ。買い物をしたことにより、夜市は少年を解放した。

あたりに朝が訪れる。

森を抜けるときに仮面を外した。自分の顔に触れてみたかったのだ。少年は、ああ、と声をもらした。

そこにいたのは一人の男だった。少年でも青年でもなく、おそらくは中年と人が呼ぶ年代の……。

背が伸びていた。

彼は年をとったのだ。

髭も髪も伸び放題に伸びていた。五歳の男の子を探していた人攫いが自分に気がつかなかったのも無理はないと思った。

それで終りではなかった。

昨日まで少年だった男の前に開かれた世界の朝は、元の世界の朝ではなかった。

全てが違っていたわけではない。人が住み、電車があり、飛行機があり、戦争があり、資本家と労働者がいて、宗教がある、元いたところとよく似ている世界だった。似ているどころではなく、ほとんど同じともいえた。言葉も同じだった。

漠然とだが、空気の質が違っていた。もしも少年が大人だったら、もっと前の世界のことを知っていれば、その違いを列挙できただろう。動植物の相違、文化や流行の相違、政治家や芸能人など著名人の相違、歴史の相違などを。

ついこのあいだまで、幼稚園で消防車の絵をクレヨンで描いていた少年にとって、何が違うのかといえば、そこには少年の帰るべき家がなかったという点だった。

男はその世界を流浪した。

家族もなく、金もなく、若さをもたないその体の主は五歳の心の持ち主。楽な旅ではなかった。涙はかれることなく、彼は泣き続け何度となく死にかけた。そしてその度に成長した。

男は家族と元いた家を探した。最初のうち男はそれがどこかにあると信じていたからだ。ほどなくして男はその世界の警察に捕まり、その世界の施設に入れられることになる。男は施設の職員に愛された。男は身なりとは別に、その心はきれいだったし、無知だったが、知識の吸収は見た目の年齢からすれば、信じがたいほど速かったからだ。

男は施設の職員や、そこでできた仲間を通して、その世界に馴染(なじ)んでいった。だが、男の心の奥底には、彼にしか理解できない恐怖と、希望があった。それは自分を追ってくる人攫いの幻影であり、いつか帰る日を夢見る元の世界の幻だった。

元の世界に戻りたい。元の世界がどのようなものだったか忘れてしまってからもずっと願っていた。

一つのイメージ。

陽だまりの縁側で、少年はクレヨンで絵を描いている。隣で兄が算数のドリルをやっている。

皿をもった母親が顔を出した。

「おやつはクレープよ」母親がいう。

「なあに、クレープって」兄がいう。

「作ってみたのよ、食べてみて」

黄色い、ふわふわと柔らかく温かい食べ物が載った皿が少年の前に出される。一口食べると、見かけからオムレツをイメージした味とは違い、甘い。兄が少年のほうを見る。うまいな、と微笑む。少年も兄を見て微笑む。

母親がどう？　と顔を出す。二人は声をそろえる。

「おいしい！　なあに、これえ！」

「あら、じゃあまた作ってあげなきゃね」

「クレープル！」

兄が訂正する。

「クレープだよ」

クレープは三つあり、最後の一つは半分にわけた。もうすぐテレビのアニメがはじまる。二人はそれを待っている。

男は思う。兄がどんな顔をしていて、母親がどんな顔をしていたのか、クレープがどんな味をしていたのか。もはや何一つ定かではなくなってしまった。母親はもう二度と少年にクレープを作ることはないのだ。それはついこのあいだのことでありながら、遠い異世界のことだった。

男は最初から筋道をたてて考えた。自分はある種の門を通過してここに来たのであり、帰るならばその門を逆にくぐらなければならない。

方法はおそらくただ一つ。自分にとってこの世界の門となった夜市に再び巡りあうこと。

だが、あそこには悪魔がいる。悪魔を倒さなければいけない。悪魔とは……もちろん人攫いである。

夜市に再び足を向け、人攫いを前にすることを考えると、全身に震えがはしった。

施設を出てからはそれほど困らなかった。男は勉強をしながら、施設が紹介した工場で働くようになり、単純作業をしながら、機械の使い方をおぼえた。

施設で仲良くなった職員が時折男の元に遊びにやってきて、生き方について教えた。

得た給料は特に使い道もないので、家賃や食費をさしひいたそのほとんどを貯金した。

男の生活は、その世界の平均水準からすれば、高くはなかったが、男は何も気にしなかった。

夜市で〈自由〉を買った男は、その世界の標準的な尺度で、他人よりも自由であるというわけではなかった。しかし男の本来の年齢の子供たちに比べれば、学校に行く義務もなく、住む場所も寝る時間も食事のメニューも、あらゆることを全て自分ひとりで決められるのだから、圧倒的に自由ともいえた。

生活が落ち着くと男は知識と力を欲した。どれほど控え目に見ても、自分は無知で愚かで弱いということがわかっていた。

男は自分で自分を教化しながら、強い肉体を作るために、その世界の訓練施設で、トレーニングをはじめた。人攫(ひとさら)いが現れたときに、負けないためだ。体を鍛えながら、いつの日か自分に訪れるかもしれない状況をイメージした。繰り返し繰り返しイメージした。夜道で人攫いに出会ったときの対応、帰宅したら人攫いが部屋で待っていたときの対応、そして夜市に自らが赴き、人攫いを前にしたときの対応。

部屋には鍵（かぎ）を三つつけた。護身用にいつもナイフと、電流で相手を感電させる武器をポケットに忍ばせた。

だが実際に、人攫いが男の前に現れることは、一度もなかった。それでも男は人攫いと、自分を売った兄の存在をひとときも忘れることはなかった。忘れようにも忘れられないものがあるのだ。

いつの日か兄に会う。それが、生きる目的だった。

兄と会ってどうしようということは考えていなかった。

兄はあのとき、ここで待っていれば戻ってきて助けてやる、といった。

兄は本当に助けに戻ってきただろうか。自分は逃げだしたがそれでよかったのだろうか。男は眠れぬ夜には何度も考えた。答えはでなかった。

兄は自分を売った。

そうだとしても悪いのは全て人攫いであり、兄は悪くないとも思えたが、自分を売ったことをどうしても許せないとも感じた。

どうするかは会ってから決めればいい。


戻らなくてもいいのではないか。男はそう考えることもあった。今の世界ではひどく苦労はしているが一通りうまくやってきている。元の世界に戻っても何があるわけでもない。自分の居場所もすでにないだろう。第一、元の世界なんて本当にあるのだろうか。

これは自分の妄想で……。

いや、妄想ではない。証拠がある。施設にいた頃、そこの職員は男にいった。あんたはすごく不思議だ。検査をしたら、あんたの歯は新品同様で虫歯が一本もない。普通はあんたぐらいの年齢で、あんたのような暮らしをしていた宿無しは歯がぼろぼろなんだが。

最初の五年がそのように過ぎた。

夜市が再び訪れる。男は予兆を感じた。

大気がざわめき、風に悲鳴や笑い声が混じりだす。

男には、夜市が男の住んでいる町からしばらく先の、無人の荒野の丘のふもとに発生したことがわかった。風の匂いと太陽光の具合と影のでき方、鳥や虫、草花、生き物たちの気配でそれがわかった。夜市の気配というものは、それがわかるものにとっては間違いようのないものだった。

男はすぐには夜市に足を向けなかった。

夜市に向かう、と考えただけで、恐ろしくて足が震えた。

仕事が終って夕方の町を歩いているときだった。男の前を一人の少女がとぼとぼと歩いていた。

学校帰りに友達と遊んだ帰りだろうか。

少女は人気のない細い路地のほうに足を向けた。男もほとんど何気なく少女の跡をつけるような形で道を曲がった。

男は考えた。

少女は学校に通っている。洋服からみて裕福な家庭の子供だ。比べて、自分は学校には通っていない。だから文字すら満足には書けない。独学で勉強をしているが……。

少女は成長すれば、自分のような無学な労働者を馬鹿にするような女に育つだろう。これまで何度も馬鹿にされてきたからわかる。

ふと怒りが芽生えた。

何も知らないくせに。全てを与えられ、自分が全てを与えられてきたからこそ高慢でいられるということも知らないくせに。少女は同じような家庭で育った男と結婚し、幸せを手に入れるだろう。

男の中で暗い感情が広がっていった。

少女を捕らえるのは簡単だ。

ナイフもあるし、護身用のボタンを押せば電流が流れる武器もある。捕らえてどうするのか？　彼女を夜市に連れていく。それで……何が買えるだろう。何が買える？

この子をあいつのところで売れば。

男はその考えに驚いた。夜市の気配が訪れるまでは、自分は記憶に問題を抱えた哀れな妄想癖のある中年の男だと半ば思っていたし、あの恐ろしい人市場にはどれほど金をつまれたとしたって二度と行きたくはないと思っていたのに。昨日と今日で人は変わる。

男は少女との距離を縮めた。

たぶんこの子は本来の俺と同じぐらいの年だ。俺は知っている。この世界は弱肉強食だ。そして少女はそのことを知らない。これは悪でも罪でもない。野獣が獲物に出会った。ただそれだけのことだ。野獣には幸運で獲物には不運だった。

野獣はその瞬間自分が野獣であることを知り、獲物は自分が獲物であることを知る。

人攫(ひとさら)いはわざと自分を逃したのかもしれない。男は思った。この少女は一人目で、おそらくは一人では終らないだろう。夜市があるたびに俺は子供を連れていく。やつの下に。そうだ。己に芽生えた暗い感情。これは呪いなのだ。

男が手を伸ばしたとき、少女が振り向いた。男は手をとめた。少女の表情に恐怖はなく、まっすぐに男を見た。

男は手を下ろした。夕暮れの細い路地にて、男と少女はしばらく無言で相手の目を見ていた。

唐突に男はいった。

「俺は人攫いだ」

「私をさらうの？」

「たぶん」

男は動かず、少女も動かなかった。男は声を和らげた。

「もしも……おじさんが、君と同い年で、悪い魔法にかかってこの姿になっているのだとしたら、君は友達になってくれるかい？」

男は自分の言葉に驚いた。一体何を話している？　こんな何の関係もない……。

少女は肩をすくめた。

「さあ。どっちみち、男の子とは口をきかないようにしているから」

男はたじろいだ。

「おじさんは人攫いに見えない」

少女は確信をもっていった。

「じゃあ、何に見える？」

「泣きそうな人」

男はその言葉を咀嚼(そしやく)した。泣きそうな人。

走って逃げだしたい恥ずかしさにおそわれた。あるいは今すぐ泣きだしたい気分になった。

男はこらえていった。

「確かに」

「でしょ？　人攫いじゃない」

「家は近いのかい？」

「うん、すぐそこ」

少女は通りの角にある家を指差した。

「わかった。じゃあ、人攫いに気をつけて」

「うん。おじさんもね。ねえ、私も本当は泣きそうな人なんだよ」

少女は涙を浮かべた。

男は尋ねた。

「どうして？」


少女は男を家に招き入れた。

少女の兄は床に伏していた。

「お兄ちゃんの病気は絶対に治らない病気なんだって。少しずつ弱って骨も駄目になっていくんだって」

床に伏して眠っている青年の横で、少女は男にそう話した。少女はその日も遅くまでその病気を治せる医者を探していたところだったのだ。少女がどれだけ兄を愛しているのか男にはわかった。

「どんな薬もきかないの。たぶん、あと一週間ももたないんだって」

男はじっと黙って立っていた。病名を少女に尋ねた。少女はその病名を教えた。

その病名は男も何度か耳にしたことのある、死に至る病の一つだった。

少女の家を出た男は二度目の夜市に一人で足を向けた。足は震えていなかった。町を出て荒野に入り、気配を感じるままに丘のふもとの森に入ると、夜市は開かれていた。

そこで男は、そのときまでに貯めていた金をほとんど全て使い、〈知識〉を買った。もちろん、男の金ではたいした〈知識〉は買えなかったが、小学校を出ていない男にとっては、知識は何よりも重要だった。単純な計算術や、文字を読む知識にしろ、働きながら独学で勉強していた男にはとても難しく感じていたのだ。

そしてそのときの夜市で、買い物をしないと帰れないことや、夜市は複数の世界にまたがっているということを知った。これまで自分の中で推測してはいたが、確認のとれていなかったことや、誤解をしていたことなどがきれいに整理された。

また、男は元の世界に戻る方法も知ることができた。知ってしまえばそれは男が前から思っていたことと同じだった。

夜市は複数の世界の交じりあう点に出現する。だが、夜市を通って他の世界に行くことは普通はできない。通常買い物客は、自分の世界に戻るようになっている。

そのことを教えてくれたのは夜市で店を開いていた白衣の数学教師だった。彼は数学の公式を売っていたのだが、男の問いに快く答えてくれた。

白衣の数学教師はいった。

「元の世界はあんたの侵入を拒んでいる。なぜなら、あんたは夜市での契約により、向こうでは存在してはいけないことになっているからさ。その契約を無効にするには、あんたとその契約をした人攫いと話しあうか、さもなければ殺すしかない」

「話しあうことはおそらく無理です。でも、殺すといいましたが、夜市で店をやっているような存在を殺すことができるでしょうか」

「人間のあんたには難しいね。だからあきらめることを勧めるところだが。夜市で商売をしているのはな、みな夜市の一部なんだ。相手を傷つけても夜市が回復させてしまうだろうよ。いつだったかピストルをもった男が財宝売りの品物を奪おうとして、財宝売りに鉛の弾を撃ち込んだが、見る間に傷がふさがって、財宝売りはその暴漢の首をへしおったよ。

いいかい、問題になるのは……道理なんだ」

「道理とはなんです？」

「ふん、教えよう。いいかい。この世界の神は〈夜市〉なんだ。なぜならここは夜市だからね。ここで商売をしているやつらは、俺も含めてだが、さっきもいったように〈夜市〉の一部だ。〈夜市〉自体は俺らにとってすら、姿もないし触れることもできないけれど、そこにはルールが生きている。外の世界とは異なる法則、商売をする上でのルールがね。こいつがなければなんでもあり。商売なんてなりたちゃしない。ライオンの店主がシマウマのお客を食っちまうだろうし、めちゃくちゃさ」

「なるほど」

「そうしたルールに則（のっと）った上で俺たちは夜市として存在する。さっきの例でわかるように、客がまっとうな商売人を殺すことは、この夜市の中ではできない」

「それはルール違反だから、市場の神様が、〈夜市〉が回復させてしまう」

「そうだ。ものわかりがいいな」

「まっとう……でないなら？」

　白衣の数学教師は声を落とした。

「そこだな。まっとうでないなら殺せる。まっとうとは、取引の話だよ。その店の主が、嘘をついたり……例えば、道端の石を、永遠の若さが手に入る賢者の石です、なんていって売ったりしちゃいけないってわけだ。そういうことをしているやつなら、客が怒って殺したってこの市場の神様はなんにも怒らない、むしろ自分の中の腐った部分を切り落としてくれて喜ぶってわけよ」

「ありがとうございました」

　白衣の数学教師はニヤリと笑った。

「なるほど、あんたの相手はまっとうじゃないわけだ。人攫いか。もっとも、殺すとなりゃ、それ相応の武器で一撃で仕留めないとな。そういう武器なら夜市で売っている。どうだ、今日やるのかい」

男は戸惑った。

「それは、まだ」

白衣の数学教師は頷いた。

「次の機会に譲るのもいいがな。あんたたち人間は、この市場には三回しか来られないんだ。何度でも際限なく来られるとなりゃあ、人間の煮えたぎるような欲望も薄まっちまうと〈夜市〉はお考えよ。冷やかしはお呼びでないからさ。まあ、機会があれば逃さないようにな……」

その夜、男は人攫いの店を遠目に見た。

見た瞬間、悪寒が走り、吐き気をこらえきれずに吐いてしまった。

あの店がまっとうであるはずはない。絶対にだ。

少女が教えてくれた病名にきく薬は簡単に見つかった。値段もすごく安かった。男は本当にその薬に効果があるのか何度も確かめた。

「馬鹿にしちゃいけないよ」薬売りはいった。「その病は、場所によっちゃあ不治とされているらしいが、別の空の下じゃあ、普通の薬屋でだって特効薬が売っている代物だからな。まあ、あんたら人間は、別の空の下にいく自由がきかないから、この夜市があるわけだ」

二度目の夜市から帰ってくると、世界は変わっていた。男は町に溢れる文字のほとんどを読むことができるようになり、基礎の数学を理解していた。

男は少女の家に向かった。そして、少女の見ている前で、床に伏している青年に薬を飲ませた。少女の両親もそこにいて、男に胡散臭そうな目を向けていたが、男が医師だと名乗ると何も口出しはしなかった。
「代金は」父親が冷めた目で男にいった。
「いりません」男は薬を飲ませると、すぐにその家をあとにした。

ただほど高いもんはないんだ。何を飲ませたのかわかったもんじゃない、と父親が娘か母親のどちらかにわめいている声が去り際に耳に入ったが気にしなかった。

男は相変わらず工場で働き続けながら、次の夜市を待った。

最初、工場の仲間たちは男を馬鹿にしていた。恐ろしいほど無知な男はかっこうの笑いの種だった。だが、もはや、男を笑うものはいなかった。彼が確実に、そして着実に変わっていっていることを彼らは認めなくてはならなかった。

男は黙って働いた。金をため、体を鍛え、心を鍛えた。

人攫(ひとさら)いを殺す決意はより深くなった。男に親はなく兄弟もない。いたとしてもそれは前世の話。男のルーツは人攫いであり、どこに逃げようと、それはつないだ鎖が長く長く引き伸ばされているのにすぎず、首輪が外れたわけではない。人攫いを殺さない限り、本当に自由にはなれないのだ。

季節が巡り、工場が休日のある晴れた午後、町を歩いていると、前から若い男女が歩いてきた。それは、いつかの少女とその兄だった。少しだけ背の伸びた少女は、男に目をとめると、連れている兄の袖(そで)を引っ張った。二人は足を止め、男から少し距離を置いたところで深くおじぎをした。通行人も多いところで、男は気恥ずかしくなったが、嬉(うれ)しくもあった。薬はきいたのだ。このような感謝を人から受けたのは生まれてはじめてだった。そして、それ以上の感謝を示してもらおうとは思わなかった。

男は二人が顔を上げる前に路地裏に飛び込んだ。

一人で歩いていると、ふと笑いがこみ上げた。

その日は一日中笑っていた。

男にとって三度目の夜市がいよいよ発生すると感じたのは二度目から数えれば五年後のことで、男は十五歳になっていた。男は夜市の予兆を感じ取ると、最初に自分をひきとった施設の人から、工場の上司や仲間、その世界で出会った大切だと思える人たち全員に挨拶(あいさつ)をしてまわった。

うまくいけば、もう二度と彼らと会うことはないのだ。そしてうまくいかなくても、もう二度と彼らに会うことはないだろう。挨拶をされた人たちは、みな、自分がいったい何の挨拶を受けていて、男が何を考えているのかさっぱりわからなかった。ただ一人、全てを話していた施設の職員、その頃にはもう親友と呼べる存在になっていた男だけは、彼をぎゅっと抱きしめて送りだしてくれた。

風が街路樹を揺らす夕方、夜市は訪れた。

男は、これまでの日々を思いながら歩き始めた。

前回とは別の場所で、海辺の森の中にそこへ至る入り口は開かれていた。

「これで、彼の弟の話は終りです」

「それで、その三度目の夜市が昨日の夜だったというわけね？」

「そうです」

「あなたが弟だった」

男は黙って頷いた。

「あなたは、いつ私と一緒にいたのが自分を売った兄だと気がついたの」

「見た瞬間に予感はしました。兄が何歳になっているか、私は知っていましたし、夜市に人間が来ることはそれほど多くないでしょうから。向こうは自分のことを気がつかなかったけれど、それは好都合だった。彼が若い女の子を連れてきている。どうするつもりなのか見てやろう、と。最初に別れてからずっとあなたたちの跡をつけて見ていたのです。場合によっては彼も斬るつもりでした。同じことを繰り返すようなら。だが、彼はそのあと、見事に人攫いを殺す機会を与えてくれた」

ふと二人の間に沈黙が訪れた。

まだ、きいておくべきことがある、いずみは思った。

「彼は……今もあそこにいるの？」

「おそらく」

「戻れないのかな。戻ってくるのが嫌だったのかな」

男は、口を開きかけたが、言葉は出てこなかった。そして視線を地に落とした。

地に尻(しり)をついた裕司は放り捨てられた刀に視線を走らせ、それから男を見上げた。脇では人攫いの胴体がぐずぐずと溶けだしている。

「あなたは……」

男は口を開いた。

「遠い昔、約束をしたね」

裕司は目に涙をためた。

「約束は守られなかった。ぼくは……」

「いや、約束は今日、果たされたんだ」

男は裕司に手を伸ばした。

裕司はその手を掴み立ち上がった。

「さあ、帰ろう」

あたりの光が失せていき、世界は無限に広がる漆黒になる。やがて遠くに二つの提灯だけが残った。

「帰って、何か食べよう。そちらの世界の料理を味わいたい。料理屋はあるのだろう?」

「もちろんさ」

「クレープという食べ物があったと思うが」

「クレープ?」裕司は笑った。「そりゃあ、あるさ。ああ、あるとも」

「そりゃあいい。あの提灯だ。出口だよ」

男が明るい声でそういうと、闇の中から裕司の声が返ってきた。

「ぼくには見えない」

男は、はっとした。

「帰りたいと念じなくては」

「いや……見えないんだ。念じているけれどただ、暗いだけだ」

裕司の声に焦りはなかった。申し訳なさそうないい方。それが男を不安にさせた。

迂闊(うかつ)だった。男は悔やんだ。人攫いを斬り捨てたことにより取引は無効になったが、連れの女の子は、夜市にて取引をしたのは事実。今頃は朝へと導かれているだろう。だが、兄は、まだ……。

まだ何も買っていない。

いくつ買い物をしてもかまわない。だが、何も買わずに帰ることはできない。

「暗いのか？」

「うん、暗い。全て消えた。声だけがきこえる。あなたの……声だ」

買い物をしていないのに、彼の周囲はなぜ暗くなっているのだ？　男は考えた。可能性としてもっとも高いのは……裕司の、のんびりした声がきこえる。

「たぶん、ぼくはもう客じゃないんだろう」

「欲しいものを念じて」

男は懇願した。ここでは無欲なる者はどこにも行けない。

「そうしなくては君は……」

どうなるのかは実のところ男にもわからない。

だが、確証のない直感ならある。どこにも行けないものは夜市の一部になるのだ。永久に。

「ないよ。本当に。思いつかない」

男は声のする方に手を伸ばした。

「手を伸ばして、さあ」

しばらく探っていたが、やがて男の伸ばした右手が握られた。

「そうだ……」

（ありがとう）

確かに手を握っているはずなのに、今度の声はひどく遠かった。

（きっと無理だよ。見えないんだ）

「ゆっくり歩こう。私が導く」


二つの提灯が弱い光で照らしている先にあるのは、トンネルの出口のような半円の空間だった。外には夜露に濡れているだろう垂れ下がった蔓や、夜明けを待つ静かな樹木が見える。まるで漆黒の壁にかけられた絵画のようだ。

男が出口を通り抜けようとしたその瞬間、男の右手を握っていた感触がするりと消えた。

入れ代わりに手に何かを握らされ、背中を押された。果てしなく遠い最後の声は、

（あなたの幸運を祈る）

あっと思ったときには通り抜けていた。

明け方の森。

男は振り返り、すぐに自分が出てきた藪の穴に飛び込んだ。無限の漆黒も提灯も、もはやなく、そこはただの藪の中の狭い空洞だった。

夜市は閉じたのだ。

男は立ち尽くした。

右手が握り締めているものに気がつき、手を開いた。膨れ上がって折ることのできない状態になっている七十二万円の入った財布だった。

男が黙っているので、いずみはそれ以上問わなかった。

裕司はどこにいるのか。

それはもはやたいしたことではないといずみは思い始めた。彼はこの世界にいない。この世界にいない以上、彼がここでないどこかにいるのか、それともいないのかということは思索の域を超えていることだ。

「あなたは、これからどうするの？」

男は空を見上げた。

「父親と母親にあって」

男は考えながら言葉を続ける。男の顔にはとてつもない疲労が滲んでいる。

「とにかく話をして、信じてくれなければ自分の居場所を探すために旅に出る。信じてもらえれば……そこでしばらく暮らすのも悪くはない」

「いつかもう一度、夜市には行けないの？」

いずみは思わずいった。それができれば、若さも何もかも買い戻せばいい。

「普通の人間は三回までしか夜市に行けないそうですから、私はこれで終りです。だが、あなたはいつか……」

いずみは悪寒をおぼえた。あちこちに青白い炎の灯った幽玄な市場の情景が瞬間、閃光のように脳裏に浮かんで消えた。

男は歩きだした。いずみは跡を追うべきかと思ったが、思い直してそうするのをやめた。十五歳の老紳士は振り返らずに去っていった。男は一人で長い長い旅をしてきたのだ。そしてその旅はまだ続いている。もう自分が介入できる余地はないような気がした。

いずみは木漏れ日の林道をのんびりと歩いた。夜市の記憶はさらに遠くなった。それがどんなところで、どんな商人がどんな品物を売っていたのかなど、ほとんど思いだせない。

一緒に行った男の人はどんな人だったっけ。いや、思いださなくてもいい。そう、夜市なんてものが本当に存在し、自分にそれが再び訪れるのなら、そのときまた思いだすのだろうから。

やがて夜市は完全に遠い秋の夜の夢になる。

それが彼女に再び巡るそのときまで。

本書は、平成二十年五月に角川ホラー文庫より刊行した『夜市』を底本に再編集したものです。

100分間で楽しむ名作小説

夜市

恒川光太郎

令和6年 3月25日　初版発行
令和6年 5月10日　再版発行

発行者●山下直久

発行●株式会社KADOKAWA
〒102-8177　東京都千代田区富士見2-13-3
電話　0570-002-301(ナビダイヤル)

角川文庫 24089

印刷所●株式会社暁印刷
製本所●本間製本株式会社

表紙画●和田三造

ISBN 978-4-04-114820-4　C0193

◇◇◇

角川文庫発刊に際して

角川源義

第二次世界大戦の敗北は、軍事力の敗北であった以上に、私たちの若い文化力の敗退であった。私たちの文化が戦争に対して如何に無力であり、単なるあだ花に過ぎなかったかを、私たちは身を以て体験し痛感した。西洋近代文化の摂取にとって、明治以後八十年の歳月は決して短かすぎたとは言えない。にもかかわらず、近代文化の伝統を確立し、自由な批判と柔軟な良識に富む文化層として自らを形成することに私たちは失敗して来た。そしてこれは、各層への文化の普及滲透を任務とする出版人の責任でもあった。

一九四五年以来、私たちは再び振出しに戻り、第一歩から踏み出すことを余儀なくされた。これは大きな不幸ではあるが、反面、これまでの混沌・未熟・歪曲の中にあった我が国の文化に秩序と確たる基礎を齎らすためには絶好の機会でもある。角川書店は、このような祖国の文化的危機にあたり、微力をも顧みず再建の礎石たるべき抱負と決意とをもって出発したが、ここに創立以来の念願を果すべく角川文庫を発刊する。これまで刊行されたあらゆる全集叢書文庫類の長所と短所とを検討し、古今東西の不朽の典籍を、良心的編集のもとに、廉価に、そして書架にふさわしい美本として、多くのひとびとに提供しようとする。しかし私たちは徒らに百科全書的な知識のジレッタントを作ることを目的とせず、あくまで祖国の文化に秩序と再建への道を示し、この文庫を角川書店の栄ある事業として、今後永久に継続発展せしめ、学芸と教養との殿堂として大成せんことを期したい。多くの読書子の愛情ある忠言と支持とによって、この希望と抱負とを完遂せしめられんことを願う。

一九四九年五月三日

角川文庫ベストセラー

スタープレイヤー 恒川光太郎

眼前に突然現れた男にくじを引かされ一等を当て、フルムメアが支配する異界へ飛ばされた夕月。10の願いを叶える力を手に未曾有の冒険の幕が今まさに開く――。ファンタジーの地図を塗り替える比類なき創世記！

ヘブンメイカー 恒川光太郎

〝10の願い〟を叶えられるスターボードを手に入れた者は、己の理想の世界を思い描き、なんでも自由に変えることができる。広大な異世界を駆け巡り、街を創り、砂漠を森に変え……新たな冒険がいま始まる！

異神千夜 恒川光太郎

数奇な運命により、日本人でありながら蒙古軍の間諜として博多に潜入した仁風。本隊の撤退により追われる身となった一行を、美しき巫女・鈴華が思いのままに操りはじめる。哀切に満ちたダークファンタジー。

無貌の神 恒川光太郎

万物を癒す神にまつわる表題作ほか、流罪人に青天狗の面を届けた男が耳にした後日談、死神に魅入られた少女による77人殺しの顚末など。デビュー作『夜市』を彷彿とさせるブラックファンタジー！

滅びの園 恒川光太郎

突如、地球上空に現れた〈未知なるもの〉。有害な不定形生物プーニーが地上を覆った。プーニー災害対策課に志願した少女・聖子は、滅びゆく世界の中、いくつもの出会いと別れを経て成長していく。

角川文庫ベストセラー

吾輩は猫である　夏目漱石

苦沙弥先生に飼われる一匹の猫「吾輩」が観察する人間模様。ユーモアや風刺を交え、猫に託して展開される人間社会への痛烈な批判で、漱石の名を高からしめた。今なお爽快な共感を呼ぶ漱石処女作にして代表作。

坊っちゃん　夏目漱石

単純明快な江戸っ子の「おれ」（坊っちゃん）は、物理学校を卒業後、四国の中学校教師として赴任する。一本気な性格から様々な事件を起こし、また巻き込まれるが。欺瞞に満ちた社会への清新な反骨精神を描く。

草枕・二百十日　夏目漱石

俗世間から逃れて美の世界を描こうとする青年画家が、山路を越えた温泉宿で美しい女を知り、胸中にその念願を成就する。「非人情」な低徊趣味を鮮明にした漱石の初期代表作『草枕』他、『二百十日』の2編。

虞美人草　夏目漱石

美しく聡明だが徳義心に欠ける藤尾は、亡父が決めた許嫁ではなく、銀時計を下賜された俊才・小野に心を寄せる。恩師の娘という許嫁がいながら藤尾に惹かれる小野……漱石文学の転換点となる初の悲劇作品。

三四郎　夏目漱石

大学進学のため熊本から上京した小川三四郎にとって、見るもの聞くもの驚きの連続だった。女心も分からず、思い通りにはいかない。青年の不安と孤独、将来への夢を、学問と恋愛の中に描いた前期三部作第1作。

角川文庫ベストセラー

それから　夏目漱石

友人の平岡に譲ったかつての恋人、三千代への、長井代助の愛は深まる一方だった。そして平岡夫妻に亀裂が生じていることを知る。道徳的批判を超え個人主義的正義に行動する知識人を描いた前期三部作の第2作。

門　夏目漱石

かつての親友の妻とひっそり暮らす宗助。他人の犠牲の上に勝利した愛は、罪の苦しみに変わっていた。宗助は禅寺の山門をたたき、安心と悟りを得ようとするが。求道者としての漱石の面目を示す前期三部作終曲。

こころ　夏目漱石

遺書には、先生の過去が綴られていた。のちに妻とする下宿先のお嬢さんをめぐる、親友Kとの秘密だった。死に至る過程と、エゴイズム、世代意識を扱った、後期三部作の終曲にして、漱石文学の絶頂をなす作品。

明暗　夏目漱石

幸せな新婚生活を送っているかに見える津田とお延。だが、津田の元婚約者の存在が夫婦の生活に影を落としはじめ、漠然とした不安を抱き――。複雑な人間模様を克明に描く、漱石の絶筆にして未完の大作。

道草　夏目漱石

肉親からの金の無心を断れない健三と、彼に嫌気がさす妻。金に囚われずには生きられない人間の悲哀と、意固地になりながらも、互いへの理解を諦めきれない夫婦の姿を克明に描き出した名作。

角川文庫ベストセラー

注文の多い料理店　宮沢賢治

二人の紳士が訪れた山奥の料理店「山猫軒」。扉を開けると、「当軒は注文の多い料理店です」の注意書きが。岩手県花巻の畑や森、その神秘のなかで育まれた九つの物語からなる童話集を、当時の挿絵付きで。

セロ弾きのゴーシュ　宮沢賢治

楽団のお荷物のセロ弾き、ゴーシュ。彼のもとに夜ごと動物たちが訪れ、楽器を弾くように促す。鼠たちはゴーシュのセロで病気が治るという。表題作の他、「オツベルと象」「グスコーブドリの伝記」等11作収録。

新編 宮沢賢治詩集　編／中村　稔

亡くなった妹トシを悼む慟哭を綴った「永訣の朝」。自然の中で懊悩し、信仰と修羅にひき裂かれた賢治のほとばしる絶唱。名詩集『春と修羅』の他、ノート、手帳に書き留められた膨大な詩を厳選収録。

風の又三郎　宮沢賢治

谷川の岸にある小学校に転校してきたひとりの少年。その周りにはいつも不思議な風が巻き起こっていた――落ち着かない気持ちに襲われながら、少年にひかれてゆく子供たち。表題作他九編を収録。

蛙のゴム靴　宮沢賢治

宮沢賢治の、ちいさくてうつくしい世界が、新装版でよみがえる。森の生きものたちをみつめ、生きとし生けるすべてのいのちをたたえた、心あたたまる短編集。

角川文庫ベストセラー

今夜は眠れない
宮部みゆき

中学一年でサッカー部の僕、両親は結婚15年目、ごく普通の平和な我が家に、謎の人物が5億もの財産を母さんに遺贈したことで、生活が一変。家族の絆を取り戻すため、僕は親友の島崎と、真相究明に乗り出す。

夢にも思わない
宮部みゆき

秋の夜、下町の庭園での虫聞きの会で殺人事件が。殺されたのは僕の同級生のクドウさんの従妹だった。被害者への無責任な噂もあとをたたず、クドウさんも沈みがち。僕は親友の島崎と真相究明に乗り出した。

あやし
宮部みゆき

木綿問屋の大黒屋の跡取り、藤一郎に縁談が持ち上がったが、女中のおはるのお腹にその子供がいることが判明する。店を出されたおはるを、藤一郎の遣いで訪ねた小僧が見たものは……江戸のふしぎ噺9編。

お文(ふみ)の影
宮部みゆき

月光の下、影踏みをして遊ぶ子どもたちのなかにぽつんと女の子の影が現れる。影の正体と、その因縁とは。「ぼんくら」シリーズの政五郎親分とおでこの活躍する表題作をはじめとする、全6編のあやしの世界。

過ぎ去りし王国の城
宮部みゆき

早々に進学先も決まった中学三年の二月、ひょんなことから中世ヨーロッパの古城のデッサンを拾った尾垣真。やがて絵の中にアバター（分身）を描き込むことで、自分もその世界に入り込めることを突き止める。

角川文庫ベストセラー

黒武御神火御殿
三島屋変調百物語六之続
宮部みゆき

宮部みゆきの江戸怪談散歩
責任編集／宮部みゆき

ブレイブ・ストーリー (上)(中)(下)
宮部みゆき

アーモンド入りチョコレートのワルツ
森 絵都

つきのふね
森 絵都

江戸の袋物屋・三島屋で行われている百物語。「語って語り捨て、聞いて聞き捨て」を決め事に、訪れた客が胸にしまってきた不思議な話を語っていく。聞き手の交代とともに始まる、新たな江戸怪談。

物語の舞台を歩きながらその魅力を探る異色の怪談散策。北村薫氏との特別対談や〝今だから読んでほしい〟短編4作に加え、三島屋変調百物語シリーズにまつわるインタビューを収録した、ファン必携の公式読本。

ごく普通の小学5年生亘は、友人関係やお小遣いに悩みながらも、幸せな生活を送っていた。ある日、父から家を出てゆくと告げられる。失われた家族の日常を取り戻すため、亘は異世界への旅立ちを決意した。

十三・十四・十五歳。きらめく季節は静かに訪れ、ふいに終わる。シューマン、バッハ、サティ、三つのピアノ曲のやさしい調べにのせて、多感な少年少女の二度と戻らない「あのころ」を描く珠玉の短編集。

親友との喧嘩や不良グループとの確執。中学二年のさくらの毎日は憂鬱。ある日人類を救う宇宙船を開発中の不思議な男性、智さんと出会い事件に巻き込まれる。揺れる少女の想いを描く、直球青春ストーリー！

角川文庫ベストセラー

DIVE!!(ダイブ)（上）（下）　森　絵　都

高さ10メートルから時速60キロで飛び込み、技の正確さと美しさを競うダイビング。赤字経営のクラブ存続の条件はなんとオリンピック出場だった。少年たちの長く熱い夏が始まる。小学館児童出版文化賞受賞作。

いつかパラソルの下で　森　絵　都

厳格な父の教育に嫌気がさし、成人を機に家を飛び出していた柏原野々。その父も亡くなり、四十九日の法要を迎えようとしていたころ、生前の父と関係があったという女性から連絡が入り……。

ラン　森　絵　都

9年前、13歳の時に家族を事故で亡くした環は、ある日、仲良くなった自転車屋さんからもらったロードバイクに乗ったまま、異世界に紛れ込んでしまう。そこには死んだはずの家族が暮らしていた……。

気分上々　森　絵　都

〝自分革命〟を起こすべく親友との縁を切った女子高生、一族に伝わる理不尽な〝掟〟に苦悩する有名女優、無銭飲食の罪を着せられた中2男子……森絵都の魅力をすべて凝縮した、多彩な9つの小説集。

クラスメイツ〈前期〉〈後期〉　森　絵　都

部活で自分を変えたい千鶴、ツッコミキャラを目指す蒼太、親友と恋敵になるかもしれないと焦る里緒……中学1年生の1年間を、クラスメイツ24人の視点でリレーのようにつなぐ連作短編集。

角川文庫ベストセラー

リズム／ゴールド・フィッシュ　森　絵都

中学1年生のさゆきは、いとこの真ちゃんが大好きだ。高校へ行かずに金髪頭でロックバンドの活動に打ち込む真ちゃんとずっと一緒にいたいのに、真ちゃんの両親の離婚話を耳にしてしまい……。

金田一耕助ファイル1
八つ墓村　横溝正史

鳥取と岡山の県境の村、かつて戦国の頃、三千両を携えた八人の武士がこの村に落ちのびた。欲に目が眩んだ村人たちは八人を惨殺。以来この村は八つ墓村と呼ばれ、怪異があいついだ……。

金田一耕助ファイル2
本陣殺人事件　横溝正史

一柳家の当主賢蔵の婚礼を終えた深夜、人々は悲鳴と琴の音を聞いた。新床に血まみれの新郎新婦。枕元には、家宝の名琴〝おしどり〟が……。密室トリックに挑み、第一回探偵作家クラブ賞を受賞した名作。

金田一耕助ファイル3
獄門島　横溝正史

瀬戸内海に浮かぶ獄門島。南北朝の時代、海賊が基地としていたこの島に、悪夢のような連続殺人事件が起こった。金田一耕助に託された遺言が及ぼす波紋とは？　芭蕉の俳句が殺人を暗示する!?

金田一耕助ファイル4
悪魔が来りて笛を吹く　横溝正史

毒殺事件の容疑者椿元子爵が失踪して以来、椿家に次々と惨劇が起こる。自殺他殺を交え七人の命が奪われた。悪魔の吹く嫋々たるフルートの音色を背景に、妖異な雰囲気とサスペンス！